U0931265

文
景

Horizon

社科新知 文艺新潮

不识字的人

l'Analphabète

a novel collection by
Agota Kristof

[匈牙利] 雅歌塔·克里斯多夫——著　张荪婧——译

上海人民出版社

目录

译者序

雅歌塔·克里斯多夫是一位很有天赋的作家，四岁便开始读书，十四岁开始写作诗歌。然而命运总是喜欢考验天资聪颖的人，随丈夫以难民身份流亡瑞士后，每天伴随她的只有千篇一律的工厂工作和无穷尽的家务。没有经历过流亡的人也许永远无法理解这样的悲痛，从此祖国只能在梦中，到晚年她仍然说自己是匈牙利人，也从未将自己的作品归为瑞士文学的范畴。雅歌塔·克里斯多夫总说是法语选择了她，然而又何尝不是她选择了法语。虽然在刚抵达瑞士的时候，她仍然继续用匈牙利语写作，作品也有部分发表在了匈牙利的文学评论期刊上，但在孩子上学之后，她就会去附近的法语学习班，像她的孩子们在学校里学习一样，再次接受一门语言，她用字典执着地“对抗”法语，对抗她的命运，用另一种语言写下了她的作家梦。

此次出版的合集包括雅歌塔的四部作品。《噩梦》是许多小短篇的合集，雅歌塔曾说她的许多创作和灵感都是在面对工厂机器和家务的时候产生的，那些故事和句子就很自然地浮现在她的脑海中，之后她仅仅是把它们记录下来而已。《噩梦》就是这样诞生的，看似一个个没有来由的故事，也许正是雅歌塔长久的内心体悟。《昨日》也是一部短篇小说，里面的男主人公是一个钟表厂的工人，他寂寞、苦闷又悲伤，只有写作能够在每一个夜晚安抚他，他的快乐好像只有在昨日，而昨日却又十分遥远。《你在哪儿，马蒂亚斯？》也许是一个梦境，一个凌乱的梦境，抑或是《二人证据》中将自己吊死的小男孩的再次回归。这部作品里还收录一个剧本《琳娜，时间》，这是一个关于时间与变化的故事。《不识字的人》是一篇自传性质的小说，可以让喜欢雅歌塔的读者更加了解她的命运和经历，更加读懂她文字里细腻的感伤。

虽然雅歌塔 · 克里斯多夫是以《恶童日记》以及之后的“恶童三部曲”被全球读者知晓，但她创作的许多戏剧和舞台剧其实也同样十分优秀和受人欢迎。她在中学时候就开始创作剧本并自己演出赚钱，在瑞士早期也创作了不少剧本并被当地的剧团搬上舞台，她也为当地孩子们的演出义务编排过戏剧，这对她来说，都是苟且生活中难得的快乐。

也许直到现在，很多人都难以相信，一个快三十岁才开始学习法语的人，竟然可以在之后的一生中用法语写作，并且获得成功。在开始翻译之前，我也曾有过深深的疑惑，然而搁下译笔之时，我已被雅歌塔 · 克里斯多夫赤诚灵魂的倾诉、富有创造力的遐想、细腻感伤的笔触深深打动。并不能简单地将她归为特定的一类作家，因为她的每篇作品都会给读者完全不一样的阅读体验。

希望读者朋友无论是否认识雅歌塔 · 克里斯多夫，是否喜欢她之前的故事和文字，都可以在本书中找到共鸣，找到令自己倾心的字句。若译文有不完美或者表达欠妥的地方，还请广大读者不吝赐教。真诚希望我们可以一起，因雅歌塔·克里斯多夫而感动和着迷。

张苏婧

2017 年 8 月于南京

噩梦

C'est égal

斧头

“请进，医生。对的，是这里。是的，是我叫您来的。我的丈夫出了点意外，我认为很严重，甚至可以说非常严重。他在楼上，我们的卧室里。从这儿上去。请见谅床还没整理，您明白的，当看到那摊血的时候我差点要疯了。我怎么可能有勇气去收拾。我觉得我之后最好还是搬到别处去住。”

“这里是卧室，请进。他在那儿，床边，毯子上。有把斧头深陷在他头颅里。您要检查看看吗？是的，请检查吧。这实在是个很蠢的意外，不是吗？他睡觉的时候从床上掉了下去，然后正好落到了斧头上。”

“是，这是我们家的斧头。平常它都在客厅，壁炉的旁边，用来砍一些细木。”

“为什么它会在床边！我一点也不知道。应该是我丈夫自己把它靠在床头柜上的，他可能是怕盗贼闯入，我们住得很偏僻。”

“您说他死了？我当时第一反应也觉得他是死了，但是我想应该让医生来确定一下。”

“您想打个电话？啊，是的！是叫救护车吗，还是警察？为什么是警察？这仅仅是个意外。只是他从床上掉了下来，插到了一把斧头上。是的，这很少见，但这种蠢事总会发生。”

“哦！您可能认为是我把斧头放到那儿的，好让我丈夫碰巧掉到上面？但我怎么会知道他能从床上掉下去！”

“您甚至可能会认为是我推了他一把，然后我终于可以一个人在我们的床上安静地睡去，再也不用听到他的呼噜声和闻到他身上的味道！”

“瞧瞧您，医生，您不能做出这样的假设，您不能这样……”

“是的，我睡得挺熟的，已经有些年我没睡得这么好了。我到早上八点才醒来。我向窗外望了望，外面起了风，那些或白或灰的、圆圆的云彩在太阳面前显得十分调皮。我感到很幸福。我觉得我们永远不会知道云彩在干什么，它们可能是想逃散而去，因为它们跑得如此之快，它们也可能是想聚集成雨然后落在我们的肩上。这对我而言是一样的，我也很喜欢雨。此外，我觉得今天早上的一切对于我来说都很美好。我感到自己像是解脱了一样，甩掉了压在我身上很久的重负。”

“正是我转头看向屋内的时候，我发现我丈夫出事了，然后我就立即给您打了电话。”

“您和我一样，您现在也想打个电话。电话就在那儿，您是要叫来救护车好抬走尸体，不是吗？”

“您说是给我叫的救护车？我不明白。我没有受伤，我很正常，感觉很好。我睡裙上的血只是当时从我丈夫身上喷溅出来的，当……”

一辆开往北方的列车

一个荒废的火车站旁，一座雕像竖立在公园里。

雕的是一只狗和一个男人。

狗是站着的，男人跪在那儿，微微歪着头，双臂拥着狗的脖子。

狗的目光望向火车站左边无尽的旷野，男子的目光飘过狗的背部，落在他面前杂草丛生的轨道上，那里已经很久没有列车开过了。火车站的荒废也造成了附近小村庄的没落。虽仍会有几个热爱自然和幽静的城里人在怡人的季节来这儿住住，但他们都是自己开车来的。

公园里，总会有一位老人在那儿闲晃，他说是他雕了那只狗，他很爱这只狗，在拥抱它的同时，自己也被石化了。

当问起他为什么还是像这样，以血肉之躯存在着的时候，他只回答说自己在等一辆开往北方的列车。

人们不忍心告诉他已经不会再有一辆开往北方的列车了，确切地说，开往任何方向的都没有了。有人建议他开车去北方，可他却摇了摇头。

“不，不能开车去，有人在火车站等我。”

有人说可以把他带去火车站，无论是北方的哪个火车站。

他再次摇了摇头。

“不，谢谢。我必须要乘火车去，我已经写信通知了母亲和妻子，我所乘的火车会在晚上八点钟到达。我的妻子和孩子们会在车站等我，我的母亲也是。自从父亲去世后，她总在等我回去为父亲举行葬礼，我答应过她我会在葬礼的时候回去。我也打算再去见见我的妻儿，是的，为了追求我的艺术家之梦，而被我抛弃的妻子和孩子们。我画过画儿，也玩儿过雕塑。而现在，我只想回去。”

“但这一切，给您母亲和妻子写信、您父亲的葬礼，这一切都是什么时候的事？”

“都是……当我毒死了我的狗，因为它不想我走，它紧紧咬住我的外套、我的裤子，嚎叫着不让我乘上火车。所以我毒死了它，并把它埋在雕像的下面。”

“那个时候雕像就在那儿了吗？”

“不，是第二天，我在它的墓地上为它雕的。当火车到站的时候，我最后一次拥抱了它，然后我被石化了。即使已经死去，它仍不希望我离开。”

“可是，您活生生地在这儿，在等着您的火车啊。”

老人笑了。

“我不是您想的那样是个疯子。我很清楚自己并不存在，我只是个石像，和那只狗一起。我也知道不会再有火车经过了。父亲的葬礼早就举行过了，母亲也去世了，不会在车站等我了，没有人会再等我了。我的妻子也再嫁了，孩子们也长大成人了。我老了，先生，很老了，甚至比您想的还要老。我是个石像，永远不会离开。这一切不过是我和我的狗玩的一个游戏，这个游戏我们玩了很多年。在我遇到它的那一刻，它就已经赢了。”

回家

是活在今生还是已经到了来世?

我要回家了。

即使外面野风嚎叫，我也不再感到害怕，红云也是，城里的灯光也是，都不再让我害怕。

我要回家了。若非我从未回过家，就是时间太久，我已不记得我的家。它从未真正地存在过。

明天，我终于可以回家了，一个大城市里的贫民窟。为什么是贫民窟？因为当我们从不知名的远方来到这座城市，我们怎能一下变得富有？更何况，我也无任何意愿变成富人。

在一个大城市——因为小地方只会有几座无人烟的房子，只有在大城市才会有街道——昏暗寂寥的街道上，漫步着像我一样的人。

我会走在这些街道上，朝着家的方向。

就这样走在冷风吹彻，被月光照亮的街道上。

一些乘凉的胖女人会看着我走过却不说一句话。而我，我会用充满幸福的语调向所有人问好。一些光屁股的孩子会在我脚边乱窜，我会把他们抱起，并想起我的孩子，他们肯定会在某处长大，变得富有而幸福。这些孩子，不管是谁家的，我都会拍拍他们并送给他们一些宝贵而稀少的礼物。我还会扶起倒在河中的醉汉，安慰在深夜哭泣的女子，倾听她的痛楚，看着她恢复平静。

回到家的时候，我肯定很累。我将躺在床上，随便哪张床，窗帘轻轻飘动着，就像云彩一样。

就这样，时间一分一秒地过去。

我生命中那些噩梦般的画面，将浮现在我的眼前。

但我已不再感到痛苦。

我将会回家，独自一人，迈着年老的步伐，幸福地回去。

运河

男子看着自己的生命正逐渐逝去。

他的车仍在数米之外的地方燃烧着。

地面红白相汇，雪与血交融，月经与精液杂糅。远处，靛蓝色的山脉笼罩在光晕之下。

男子想："天还没黑，这些星星就已经亮起来了。我不知道他们的名字，从来都不知道。"

恶心，头晕。男子又睡去了，继续做着他的梦，他的噩梦，相同的噩梦，总是一样的噩梦。

他走在家乡的街道上，寻找着自己的儿子。他儿子在城里的一间屋内等着他。以前，他也在这间屋里等过他的父亲。

可是他迷路了，他不认识这地方了，找不到他的屋子和回去的路了。

"全部都变样了，全部。"

他来到中心广场，四周的屋子闪闪发光。是的，它们都是用黄色的金属与玻璃建的，高耸入云。

"他们到底做了什么？这太荒谬了！"

他顿时恍然大悟。

"他们找到了金子，那些老人常说的金子，悬崖上的金子，传说中的金子，让他们找到了。之后他们用黄金建起了一座独一无二的噩梦般的城市。”

他离开广场，又来到了一条宽阔的街道上，街边排列着木头房子和破旧的谷仓，地面满是灰尘。光脚走在这样的路面上，他感觉很亲切。

“这才是我的街道，我找到它了，我不再迷失，这儿什么都没变。”

突然，一种莫名的紧张感油然而生。

男子回过头，在街道的尽头看见了一只美洲狮。那是一只漂亮的动物，丝绸一般的米色皮毛像是镀了层金，在燃烧的太阳下闪闪发光。

一切都在燃烧。房子和谷仓被熊熊烈火包围。但是他必须要在这两堵火墙间向前走，因为那只美洲狮也正迈着步伐，威严缓慢地跟着他。

“去哪儿躲一下呢？这儿没有出口，只有火焰与獠牙。也许在路的尽头？这条路在某处肯定有个出口，它不可能无限延伸，所有的路都会有尽头，通向一个广场，或者另一条路。救命！”

他叫了起来。美洲狮就在他身后很近的地方。男子不敢回头，也不敢向前，双脚仿佛深埋在土地里。带着一种无法表达的恐惧等待着这只动物从他背后跳起，扯破他的头，将他的身子撕碎。

但是美洲狮无动于衷地越过了他，继续向前，来到了一个孩子的脚边趴下。这个孩子之前并不在这儿，他刚刚出现，抚摸着美洲狮的头。

孩子看着吓得无法动弹的男子。

“他不凶的，我是他的主人。您不必感到害怕，他不吃肉，只吃灵魂。”

已经没有火焰了，火堆也熄灭了，整条街上只有冷却的柔软的灰烬。

一抹微笑点亮了男子的面庞。

“也许你是我的儿子？你在等我吗？”

“我没有在等任何人，但是你确实是我的父亲，跟我来。”

孩子把他带到城市的边缘，那儿流淌着一条映着刺眼黄光的河流。几个躺着的人影随水流漂动，双眼望着星空。

男子傻笑了一下。

“这是出现在梦里的人吗？是的，这些老人。我认出了我的父亲和母亲，在这永恒青春的河水中。”

那只威猛的金色美洲狮，向一座巨大的建筑物伸了伸身子。

“不，”美洲狮说道，“你太傻了，别笑，这不是永恒青春的河水。这是城市专门用来输送垃圾的运河。输送这些死者和一切我们想要消除的东西，比如罪恶感、过失、抛弃、背叛、犯罪和谋杀。”

“这里有过谋杀？”

“是的。这些都会被赎罪的清澈河水带走。但是死者会回来，因为大海不接受他们。大海会把他们送到另一条运河中，运河将他们带到这儿。随后，他们会和死去的灵魂一样，围绕着城市打转。”

“但是他们看上去很幸福。”

“他们的面容被永远地固定成了礼貌的表情，但他们真正是什么样，谁会知道呢？”

“你啊，你很有可能知道啊。”

“我只能看到表象。”

“你看到了什么？”

“任何一个被另一个表象所包围的表象，都会变成一种内在，就像一个容纳了内在的内在会变成表象一样不容置疑。”

“我不明白。”

“这些并不重要。你会死去，被投入运河中，然后回到城市的边缘。”

“不，如果我死去，我要向星星飞去。”

“鸟死去的时候也会被投入运河，何况你还没有翅膀。”

“我的儿子呢？”

“他在那儿，你的身后，他将会帮你。”

孩子举起他柔弱的双手，推了男子一把。他没有惨叫，径直掉入了运河。他的身体任由河水摆布，眼睛盯着他再也看不见的星空。

孩子耸耸肩，走远了。

美洲狮叹了一口气：“每一代都重复着同样的情景。”

它将头弯向前爪趴下去，所有的建筑物都崩塌了。

工人之死

悬挂在窗户与花瓶间，未完成的音节，没有意义。

床单上，虚弱的手指只画了一半的大写“N”[1]。

“不！”

你认为只要睁着眼，死亡就不会接近你了吗？你用尽全力保持睁开的双眼，但是到了夜晚，死亡还是会将你拥入怀中。

昨天，你还想着周六没洗完的车，那仿佛已经是很久之前的事儿了。接着，你感到了第一次剧烈的胃痛。

“癌症。”医生这么说。医院病床干净整洁得让你感到可怕。

甚至你的手也一天天，一月月，一年年地变得越来越白。去不掉的污渍消失了，你的指甲也不再折断了，长长的、粉色的，像排字员的手指甲一样。

夜晚，你默默地哭泣，没有哽咽，没有抽搐，只有你的泪水轻轻地落在枕头上。病房里没有一点声音，小夜灯的绿光在你邻床病人的脸颊和眼睛下面投下阴影。

不，你并不是一个人。

有六七个和你一样的人，随时都会死去。

---

[1] 法语中的“不”（Non），以“N”开头。——中译注，下同

就像在工厂里一样，你也绝不是一个人，你们二十或者五十个人每天做着一样的工作。

工厂不仅制造钟表，也制造尸体。

在医院和在工厂一样，你们之间都没什么要说的。

你，你想着别人是睡去了，还是已经死了。

别人也这样想着你，是睡去了，还是已经死了。

没有人说话，你也不说。

你不再想说话，只想去记住一些事情，但并不知道是什么事情。

没有什么值得回忆。

你的回忆，你的青春，你的力气，你的生活，工厂将这些都夺去了。它只留给了你疲劳，四十年工作的致命疲劳。

我不再吃东西

太迟了。我已经不再吃东西了。拒绝面包，拒绝笑，也拒绝母乳，这哺育新生儿的痛苦汁液。

懂事以来我吃的一直都是玉米和豆子。

当我在家乡一望无际的田野上偷土豆的时候，我将所有未知的美味佳肴想作是一座神殿。

现在，我拥有白色的桌布、水晶杯、银质餐具，但是三文鱼和鹿肉却来得太慢了。

我已经不再吃东西了。

我微笑着举起盛着佳酿的酒杯，向客人们表示敬意。放下酒杯，我用嫩白而细长的手指轻抚着桌布上的绣花。

我开始回忆……

我笑着观察我的客人们，他们身子向前倾着，正狼吞虎咽地吃着红酒炖兔肉，这兔子是我从他们家乡狭小的田间捕来的。

事实上，那只是他们家中最爱的猫。

老师

上学的时候，我非常喜欢我的老师们。我对他们的敬意与崇拜让我想要去保护他们免于遭受其他同学的欺负。

但老师们无谓的折磨激怒了我。他们给我低分，成绩一点儿意义都没有，他们又何苦去伤害我们这些毫无还击之力的弱者呢?

我记得我们班有一位身手矫健的同学，有次他悄悄地走到我们生物老师身后，从他的脊椎骨中取出了神经分给我们。

用他的神经我们可以做不少东西，比如乐器，神经越多，奏出的旋律就越好听。

我们的数学老师和生物老师差别很大。他的神经完全没有用，但是我们可以在他的秃顶上用圆规画很多圆圈。我在小本子上认真记录了这些圆圈的周长，以便之后从中得出结论。

我粗鄙无知的同伴们认为最好玩儿的事儿，就是在数学老师上课背过身在黑板上画毕达哥拉斯定理讲的直角三角形时，拿神经制作的弹弓悄悄地瞄准我画的圆圈。

我还要简单说两句我们天才的文学老师，就几句，因为我知道听别人在学校里的故事总是很无聊的。

有一天早上，这个男人朝正在习惯性打瞌睡的我扔了个粉笔头。我讨厌被这样叫醒，但那时我却没生气。我对老师和粉笔的感情很深。因为我缺钙，我通过粉笔摄入了大量钙质。这会让我有点发烧，但是我却从未以此为借口不去学校，因为——我说过许多遍了——我爱我的老师们，尤其是（天赋极高）的文学老师。

正是因为这样，在他的诗被学生否定后，出于对这个不幸者的同情，正午十二点半在学校旁边的公园里，我用小女孩们遗留在那儿的跳绳，结束了他的生命。

我的人道之举使我遭受了七年的牢狱之灾。然而，我从未后悔过。这七年也让我学到了很多，我对监狱看守的感情很深，对监狱长也十分景仰。

但这是另外一个故事了。

作家

我辞职并开始撰写关于我人生的著作。

我是一个伟大的作家。暂时还没人知道这点，因为我还什么都没写。但是，当我写出我的书，我的小说的时候……

这就是我辞去了公职的原因，同时也是……也是什么？没有别的了。因为，我从来没有朋友，更别说女朋友。但为了写出伟大的小说，我情愿选择与世隔绝。

麻烦的是，我还不知道我小说的主题是什么。无论是什么主题，人们都已经写了很多了。

我猜测，我认为，我是一个伟大的作家，但是没有一个主题让我觉得足够棒、足够伟大、足够有趣，可以匹配我的才华。

所以，我选择等待。显然，在等待的同时，我忍受着寂寞，有时还有饥饿，通过忍受这些痛苦，我也希望达到一种灵魂状态，能够找寻到匹配我才华的主题。

不幸的是，这主题迟迟未出现，我的孤独感变得越来越深重，虽然我家并不大，但寂静与空虚散落在各个角落。

孤独、寂静、空虚这三件可怕的事儿冲破了我的屋顶，在星空中爆炸，延绵至无限远处，我也不知道最后是成了雨还是云，是焚风[1]还是季风。

我尖叫道："我要全部写出来，任何可以写的题材！"

有一个声音回答了我，虽然带着嘲笑的语气，但终究是一个回应：

"好吧，我的小家伙儿。任何题材，但不再有别的了，是吧？"

[1] 山区特有的一种天气现象，热而干燥，以阿尔卑斯山地区最具代表性。

小孩

他们坐在那里，一家饭店的露天座位上。看着人来人往，川流不息，和往常一样，无论是谁，好像都必须这样奔走不停。人们喜欢这样一个接一个地走过。

我，我慢吞吞地落在他们身后。我焦躁恼怒，我停下来，我吐唾沫和哭泣，然后在人行道尽头坐了下来，向过往的路人吐舌做鬼脸。

“太没教养了！”路人们说。

“是的，你让我们感到羞愧。”我父母这样说。

他们也同样让我觉得丢人。他们不给我买步枪，我一直想要的步枪，他们说：“这不是什么好的玩具。”

然而，我看到我父亲当兵的时候就有一把步枪，一把真的、可以杀人的步枪。可当我看到给孩子玩耍的玩具步枪、印第安猎枪的时候，他们却说这是个邪恶的玩具，只给我买了一个陀螺！

我坐在那儿，人行道边。我愤怒地起身，吐口水，哭喊大叫：“你们这些没教养的，简直让我觉得耻辱！你们说谎，笑里藏刀，表里不一！等我长大了，我要把你们都杀掉！”

房子

十岁的时候，他坐在街上看着正在装运家具与箱子的卡车。

“他们在干什么？”他向刚刚坐到他身边的人问道。

“显然是搬家啊！”那人说，“我也希望成为一名搬家工人，这是份不错的活儿，需要强壮的身体。”

“你是说他们要搬到别的房子里吗？”

“当然啦！他们要搬走啦。”

“可怜的人啊。他们遇到什么不幸的事儿了吗？”

“为什么是不幸的事儿？相反，他们是要搬到一个更大更漂亮的房子里去。要是我，我肯定很开心啊。”

他回到家，坐在院子里的草坪上哭了起来。

“这不可能。离开一个房子，搬去另外一个房子，这和杀了人一样难过啊。”

十五岁的时候，他去了别的城市。那是一个冬天。透过火车的窗户，他看着自己的童年渐行渐远。然后，他笑着对母亲说：“希望你可以在那儿过得好。”

六月初的某个周日，他又踏入了这间旧房。

一个身有残疾的旧邻，很高兴又见到了这个懂礼貌且话不多的小男孩。

“来，坐下，和我说说你在大城市变成什么样了。”

“这儿什么都没变，”男孩边回答边向仅有的一个房间瞥了一眼，“我可以去院子里看看吗？”

只用了一步，他就跨越了围栏，重新回到了自己家。

空气中弥漫着熟透了的覆盆子的味道，都要被阳光晒蔫了。

他走向前，看见了原来的房子。

这房子就在这儿，空空地立着。

“你看着很破败，”他对这房子说，“你起码应该知道是我回来了。”

从那时起，他每周都会回去，看看这房子，和它说说话。

“你和我一样正忍受着许多苦难吗？”十月的一个下午，雨水无情地打在灰色的墙壁上，窗子在风中颤动。

“别哭！”他抽噎着叫道，“我向你保证我不会再走了。”

一个男人靠着窗户，正严肃地看着院子。

“这儿有人了，”男孩轻声说道，痛苦令他感到沮丧和绝望，“你接受了别人，你不再爱我了，我憎恨这个男人！”

窗户关上了，发出生硬的声响。火车也出发了，穿过枯萎的田野，渐渐消失。

很快，他们远隔重洋，时间让他们间的距离更遥远。

男孩已不再是男孩，已经是个男人了。

时间、海洋、大城市的灯和高耸入云的大厦在夜间向他低语：“你看，你看，你离我这么远。”

一张张面孔，拥挤的面孔，千篇一律的面孔。噪音，发疯似的吵闹，单调得如同寂静，还有时钟声、闹钟声、电话声、隔音门声、电梯里的窃窃私语、笑声、疯狂的令人无法忍受的音乐声。

除了这些之外，还有一个顺从得近乎可笑的声音，一个遥远、悲伤、苍老的声音："你看，你离我如此遥远。你抛弃了我，忘记了我。"

曾经的小男孩如今已经是一个有钱人。他决定重新建造和他的第一个房子一模一样的房子。之前他有过许多房子，一个在海边，一个在高档小区里，一个是一幢山区木屋别墅。但他希望拥有最初唯一的那一个。

他咨询了一位建筑师，并向他大致描述了童年时房子的模样。

建筑师笑了，人们请求他实现的东西总是与现实无关。

"我需要准确的数字，那些测量的数据，没有这些数据，我什么也做不了。"

"是的，我知道。我会写给你的，我会去量的。但是重要的是房子的阳台，还有爬在墙上的葡萄藤。别忘了叶子与葡萄串上的尘埃。"

当房子建好的时候，他很满意。

"这完全和那个一模一样。"

他微笑着，但是眼神空洞。

几天之后，他不声不响地走了。

从这个地方去了那个地方，从这座城市跨越到另外一座城市。坐飞机，坐船，坐火车。

总是在别处，那些对他来说完全陌生的地方。大城市冰冷的霓虹灯，总是很美很不同，但是却很难想象会爱上它们。

“我让人造了一个复制品，这真是荒诞，好像我们连自己的经历都可以复制一样。”

在一家完全陌生的大酒店里，大厅和楼梯都铺着一样的地毯。

“这儿有一封给您的信，先生。”

在电梯里，他打开了这封信。

“你为什么要离开我？”

他一惊，房子怎么会写信。那其实是他妻子写的。

“你为什么要离开我？”

是的，为什么？

信被扔在了桌上。第二天，火车沿着疲惫的呼呼作响的铁轨远去。

铁轨如此疲惫，人们只好在旷野上停下。这是科技带来的烦扰。

一个男人从一等卧铺车厢里走了出来。没有人注意到他。他下车后，走向一片寂静污泞的田野。火车又开走了，当呼啸声逐渐消隐，他开始说话。

“你看着很破败，”他说，“但是你应该知道是我回来了。”

他的面前，一幢房子站立着，寂静而残破。

“你真美。”

他布满皱纹的手指轻轻拂过破烂不堪的墙壁。

“看，我举起双臂拥抱着你，就像抱着我不曾爱过的女人那样。”

阳台下，一个男孩盯着月亮。

男人靠近他。

“我喜欢你。”他说，这好像是他第一次说出这样烂俗的话。

孩子用严肃的眼神打量着他。

“孩子，你为什么要盯着月亮看？”

“我没有看月亮，”男孩不悦地说，“我没有看月亮，我在看未来。”

“未来？我就来自未来，那儿只有寂静和污泞的田野。”

“你说谎，你说谎！”孩子生气地叫了起来，“那里五光十色，满是金钱和爱情，还有种满了花的花园！”

“我就是从未来来的，”男人缓缓地重复道，“那儿真的只有寂静和污泞的田野。”

孩子认出了他，开始哭了起来。男人感到惭愧。

“你知道，那可能是我的原因，因为我离开了这儿。”

“啊！就是这样啊！”孩子感到欣慰，“我，我就决不会离开这儿。”

孩子的妈妈看见了这个坐在阳台下的陌生的老男人，尖叫了起来。这叫声没有使他离开。无论如何，他还没死。他只是静静地坐在那儿，微笑望着天空。

我的妹妹琳娜，我的哥哥拉诺埃

“我的妹妹琳娜，我在街上游荡，我没有勇气对你说，可是你肯定知道，我的妹妹，你是我的爱，你的嘴唇，你的耳郭，我的妹妹琳娜，对我来说没有别的女孩，我只有你，我的妹妹琳娜。我从小时候就看着你，赤裸的、没有发育的你，我只是看你的大腿，其他部位你和我是一样的。我的妹妹琳娜，时间流逝，我为你紧贴在我身旁的大腿、惊恐的神情、沾了泪的颤抖的嘴唇感到着迷。琳娜，我的妹妹琳娜。我今天看见了你沾了血的内裤，你变成了一个女人。我不得不将你出卖，我的妹妹！哦，我的妹妹琳娜！”

“我的哥哥拉诺埃，事情真是这样的吗？我的哥哥拉诺埃，你今晚离开了。我，我却留在这儿，独自和年老的男人们待在一起。因为你不在这儿，我感到很害怕。后来，他们就去睡觉了，年老的男人和女人。你，拉诺埃哥哥，你却还没有回来。我在窗下等了很久，直到你和另一个男人一起回来。你和那个陌生人来到我的房间，我做了你所希望我做的一切。我是一个女人，拉诺埃哥哥，我知道我该为你和那年老的男人做什么。我心甘情愿去做这些，拉诺埃哥哥，我愿意将我的身体奉献给任何人，但是当年老的男人睡去时，请拉着我的手，当其他人占有我的时候，请轻轻抚摸我的头发。爱我吧，拉诺埃，我的哥哥，我的爱人，或者请用绳子绑住我的脖颈。”

一成不变

高高低低，铁栅栏连排的尖头，仿佛蓝色的脑袋。

有人吟唱着什么。

没有什么差别，唱得并不好听，还是一首悲伤的曲子，时代也很久远，非常久远。

“明天起床后，你要去哪儿？”

“哪儿也不去，或者也有可能会去哪儿。”

没有什么差别，我们在哪儿待着都不舒服。

但是睡着却很困难，时钟会敲响，它总是在走。

“摊开您的手帕，先生。我想跪下祈祷。”

“请自便。”

电车上的两个人，一个按电铃，另一个在车票上打孔。

没有人下车。

虽然这是所有电车的终点站。

没有人上车。

没有什么差别

他们跪在地上，开始交谈。

“您想和我交谈吗？”

“我以为您想祈祷。”

“我已经祈祷完了。”

“哦，有点不同了。那么我们可以走了，明天我再给您打电话。”

“近况如何？”

“孩子们怎么样？”

“谢谢您，现在只有两个孩子还病着。大点儿的孩子去商店里取暖了。您家还好吗？”

“没什么特别的。家里的狗变乖了。分期付款买了一些家具。偶尔会下雪。”

信箱

我每天都会去检查两次信箱，早上十一点和晚上五点。邮递员通常都来得更早一些，早上九点到十一点之间，时间不固定，下午则是在将近四点的时候。

我总是尽可能晚点去查看信箱，为了确保邮递员已经来过，否则，当我看到空空的信箱时，总会产生虚妄的幻想，我会告诉自己，他还没有来过。晚点的时候我必须再来一趟。

您是否曾经打开过空空如也的信箱?

回答是肯定的，每个人都有过这样的经历。但是您，您并不在意，因为有没有东西在里面对您而言是一样的，无论是您岳母的信、一场开幕式的邀请函，还是一位好友寄来的旅行明信片。

而我，我没有岳母，我也不可能有岳母，因为我还没有妻子。

我也没有父亲母亲和兄弟姐妹。

即使有，我也并不知道他们是谁。

我出生在孤儿院，当然不可能真的生在那里，但是我是在那儿认识世界的。

一开始的时候，我认为这很正常，认为生活就是这样的。一群孩子，有的大有的小，有的凶有的没那么凶，几个大人在那儿保护弱小的孩子不被大点的孩子欺负。我不知道在别的地方，会有一些孩子，他们有亲人，有爸爸、妈妈、哥哥、姐姐，有一个叫作家的地方。

长大一些后，我遇见了他们，这些有着父母和兄弟姐妹的孩子。

于是我开始想象我的父母。我肯定是有父母的，孩子不可能凭空出现啊，我肯定也有些兄弟姐妹，可能只有一个姐姐，或者是一个哥哥也说不定。

我将希望寄托于我的信箱。

我在等待一个奇迹，一封奇迹般的信：

雅克，我终于找到你了。我是你的哥哥，弗朗索瓦。

或者我更希望是这样的一封信：

雅克，我终于找到你了。我是你的姐姐，安娜玛丽亚。

然而，弗朗索瓦和安娜玛丽亚都没有来找到我。

而我，也没有找到他们。

如果能收到来自父母的信，我也会很高兴。我幻想他们还活着，我还年轻。如果他们分别给我写信，那肯定会是这样的：

母亲的信：

亲爱的雅克：

我知道你现在过得不错。恭喜你取得了现在的成就。从你出生起，我的生活一直贫困潦倒，但我很高兴你现在可以过上舒适的生活。我很想将你养大，但我没能这么做，那都怪你的父亲在我怀着你的时候抛弃了我，即使我非常希望可以将你永远抱在怀里。

现在我已经老了。看在我是你母亲的分上，或许你可以寄点钱给我，我因为衰老而无比痛苦，而且也没有人愿意雇我工作。

爱你和想你的母亲

父亲的信：

亲爱的儿子：

我一直希望有个儿子，也为你感到骄傲，因为你现在混得很好。我不知道你是如何取得现在的成就的，我一事无成，即使我已经像苦役犯那样辛苦工作了一辈子。

当你母亲怀着你的时候，我乘着一艘船离开了。我在港口和酒吧度过了余生。我一直很不幸福，因为我一直想着在某处的你和你的母亲，而我却不能够拥有你们，因为我赚不到什么钱，又经常因为思念你们而借酒消愁。如今，我因为酒精和痛苦而变得衰弱，在船上已经讨不到活儿了。我在港口努力地工作，但都赚不到什么钱，我已经老了。所以，如果可能的话，看在我悲凉的现状的分上，给我寄些钱吧，任何时候都可以。

一生都在思念你的父亲

我期待着这样的信，并会立马高兴地赶去帮助他们，热情地给予他们想要的一切。

但是，什么都没有。我的信箱里从未出现这样的信，直到今天早上。

今天早上，我收到了一封信，一封来自市里最有名的企业家的信，那是个响亮的名字。我以为这是一封工作录用信，因为我是一个室内装饰师。但是，这封信却这样写道：

我的儿子：

你只是我年轻时的一个错误。

但是，我已经尽了我的义务和责任。我给了你母亲一笔钱，她本不必工作就可以养育你，但她却挥霍了我的钱，将你送进了一家孤儿院，继续过着她无节制的生活。（据我所知，她已经在十几年前去世了。）

而我，因为我的社会地位，无法亲自养育你，也因为我已经有了一个家庭。

无论如何，我只是希望你知道我从没忘记过你，通过一些间接的方式，我一直在照顾着你。（你的学费，你上艺术学校的奖学金。）

我必须承认，你一直在很努力地成长。我为你感到骄傲。这点你肯定继承于我，因为我也是白手起家的。

不幸的是，我没有别的儿子，只有女儿，而女婿们又都没什么出息。

现在，我已经快要退休了，社会舆论对我来说已经不重要了。我决定由你来继承我的事业，我已经感到很疲惫，希望休息了。

因此我请求你按照抬头的地址，于五月二号下午三点的时候来我的办公室找我。

你的父亲

末尾是他的签名。

这就是我等待了三十年的，来自我父亲的信。

而他也确信我会兴高采烈地于五月二号下午三点的时候出现在他的办公室里。

十天之后，就是五月二号了。

今晚，我坐在候机大厅里，等着一架开往印度的飞机。

为什么是印度？

可以是任何地方，只要我的“父亲”再也不能找到我。

错误号码

我不知道我的电话号码是怎么回事，它好像和很多人的号码相似。但这点并不让我感到厌烦，因为每一通电话都是我无聊生活的一次消遣。自从我失业以后，有些时候会觉得有些无聊，只是有些时候，也只是有些无聊。白昼过得实在太快，我有时会想我们之前是如何在那么短的一天里工作满八个小时的。

相反，夜晚总是很长又很安静。正是因为这样，当电话铃响起的时候，我总是很高兴。虽然很多时候，甚至几乎是全部，都是误拨，不过是打错了而已。

人们总是那么粗心。

“朗特曼修车厂吗？”电话那头问道。

“不是，谢谢。”我尴尬地说（要改掉这个喜欢说谢谢的习惯），“我很抱歉，您打错了。”

“蠢极了，”电话那头的男子说道，“我的车抛锚了，在塞日耶尔和阿勒斯河之间。”

“很遗憾，”我对他说，“我没法给您修理。”

“这到底是不是朗特曼修车厂？”他开始不耐烦起来。

“很抱歉我这里不是朗特曼修车厂，但也许我可以帮到您……”

我总是在接电话的时候保持友好，即使这其实没什么用。人们从来都不知道，也许我们可以建立联系，成为朋友。

“那好，你带壶油过来就算是帮到我了。”

他的声音中带着点儿希望，觉得是撞到了一个老好人，确实如此。

“我很抱歉，先生，我没有油，我只有一些可供燃烧的酒精。”

“那就烧了它吧，蠢货！”他把电话挂了。

他们总是这样，那些打错电话的人。当你不能达成他们的期望时，总是这样冷漠。我们也许可以聊一聊也说不定。

我还记得最美的那次误会。电话铃响了很久，那时我心情很低落，不愿接电话。对方是个女人，晚上十点打来的。

我用透着焦虑与麻木的声音说道:“喂？”

“马塞尔吗？”

“什么？”我小心地答道。

“哦！马塞尔！我找了你好长时间。”

“我也是。”

这是真的，我找了她很久。

“你也是？我也觉得。你还记得吗？那次在湖边。”

“不，我不记得了。”

我这么回答是因为我真的很诚实，我不想说谎。

“你不记得了？你当时喝醉了吗？”

“有可能，我经常醉酒。但我不是马塞尔。”

“当然，”她答道，“我也不叫弗洛朗斯。”

哦，起码知道她不叫什么了。我准备挂断电话的时候，她突然又说道:“确实，您不是马塞尔，但是您的声音很好听。”

我一下子说不出话来，但她继续说道："一个非常舒服、深邃、温柔的声音。我希望能认识您，见您一面。"

我还是说不出话来。

"您还在吗？为什么您不说话了？我知道是我打错了，您不是马塞尔。我想说的是，您不是那个之前告诉我他叫马塞尔的人。"

又是一阵沉默。

"您在听吗？您叫什么？我叫加朗斯。"

"不是弗洛朗斯？"我问她。

"不，我叫加朗斯。您呢？"

"我？吕西安。"（这不是真名，但我觉得加朗斯也不是。）

"吕西安？真好听。我们要不要见一面？"

我什么也没说。汗水从前额流到眼皮下。

"这肯定很有趣，"加朗斯说道，"您不觉得吗？"

"我不知道。"

"我希望您还没结婚？"

"不，结婚，不不。"（我结婚了？这是什么想法！）

"那么？"

"好的。"我回答。

"好什么？"

"如果您愿意的话，我们见一面吧。"

她笑了笑："您是个害羞的人，我觉得。我喜欢害羞的人。（马塞尔应该不是这样的人。）听着，我来想想。我明天下午四五点钟的时候会去剧院咖啡馆。明天，周六，我想您不工作吧。"

她说得对。我周六不工作，别的日子也不工作。

“我会穿着……”她继续说道，“我想想看，一条苏格兰短裙，灰色的衬衫和一件黑色的马甲。很容易就可以认出来的。我的头发是棕色的，中等长度。等等……（我一直在等着。）我会在桌子上摆一本红色封面的书。您呢？”

“我？”

“是的，我怎么认出您呢？您是高是矮，是胖是瘦？”

“我？就像您喜欢的那样，不高不矮，不胖不瘦。”

“您有胡子吗？络腮胡？”

“不，没有。我每天早上都会简单地刮一下。”（事实是每三天或者四天，这得看情况。）

“您穿牛仔裤吗？”

“当然。”（事实并不是这样，但她肯定喜欢这样的打扮。）

“还有一件宽松的黑色套头衫，我想。”

“是的，黑色的，几乎都是黑色的。”我这么回答她肯定很高兴。

“哦，”她说，“短发？”

“是短发，但也不是很短。”

“您是金发还是棕发？”

她令我不爽，因为我的头发是脏脏的棕灰色，但是我不能这么说。

“栗色的。”我对她喊道。

如果这让她不高兴的话，那跟我对她说实话也没什么差别。现在想来，我更喜欢那个车子抛锚的小子。

“这有点不太好认，”她说，“不过我会认出您来的，您到时候夹着一份报纸如何？”

“什么报纸？”（她真是过分，我从来不读报。）

“《新观察者》如何？”

“好的，我会带着一份《新观察者》的。”（我不知道这是什么报纸，不过我肯定会找到一份的。）

“好的，那明天见了，吕西安。”她说。在挂断电话之前，她还补充道：“我认为这非常有意思。”

有意思极了！有些人总能轻易地这样说，而我从来都说不出来。有一堆词我都无法说出口，比如“有意思”“令人激动”“充满诗意”“灵魂”“痛苦”“孤独”等等。非常简单，我就是说不出口。我很惭愧，就好像这些词和脏话一样很下流，就像是“我操”“他妈的”“我呸”“贱人”等等。

第二天上午，我去买了牛仔裤和一件宽松的黑色套头衫。售货员说我穿得很好看。但是我总觉得非常不习惯。我还去了趟理发店，理发师向我推荐了一款染发膏，我就让他做了，深栗色，管他呢，要是失败了我就不去了。最终染得很好。现在我有一头漂亮的栗色短发，只是我依然很不习惯这样。

我回到了家，看着镜中的自己，看了很久。镜子里的人，那个陌生的人，也在看着我。我非常不爽，他比我好看，比我年轻，可他不是我。我没他那么好，我不漂亮、不年轻，可我习惯了。

现在四点差十分，必须要出发了。我迅速开始换衣服，我又穿回了原来的那套褐色灯芯绒衣服。我也没买《旧观察者》。四点一刻的时候，我到了咖啡馆。

我坐了下来，开始四处观望。

服务生来了，我点了一小杯红酒。

继续四处张望着，我看见四个正在玩牌的男子，一对视线放空、百无聊赖的情侣。另一张桌上，我看见了一位穿着灰色百褶裙，浅灰色衬衫和黑色马甲的女子。她还戴了一条三串银链子相扣的长项链。（她没和我说她会戴项链。）她面前，有一杯咖啡以及一本红色封面的书。

因为距离比较远，无法看出她的年龄，但是我看得出来她很漂亮，非常漂亮，对我来说太漂亮了。

我还看到她有双悲伤的美丽的眼睛，眼底带着某种寂寞。我想去赴约，可是我不能，因为我穿的是我之前那套灯芯绒的衣服。我去了趟厕所，朝镜中的自己瞥了一眼，我的栗色头发让自己觉得不知所措。我同样也为想要去赴约的冲动而感到羞耻，去走向“那双悲伤的美丽的眼睛，眼底带着某种寂寞”，这不过是我愚蠢而任性的想象罢了。

我又回到大厅里，我坐到一个离她很近的座位上，好好地看着她。

她没有看到我，她在等着一位夹着报纸，穿着牛仔裤和宽松的黑套头衫的年轻男子。

她望了望咖啡馆里的时钟。

我一直紧紧地盯着她，这可能惹恼了她，因为她叫来了服务生准备付钱。

就在这个时候，门开了，像美国西部片里那样。一个年轻的男子——比我要年轻——走了进来并在弗洛朗斯－加朗斯的桌子前停下。他穿着牛仔裤和黑色的套头衫，我几乎有些吃惊他怎么没配手枪和马刺。他还留着齐肩的黑发，漂亮的黑色络腮胡。他看了看四周的人，包括我，我清楚地听到了他们说了什么。

她叫道："马塞尔！"

他回答说："为什么你没有给我打电话？"

"我肯定是记错了一个数字。"

"你在等人吗？"

"不，没有。"

然而我却在那里，她刚刚就是在等我，但是幸运的是只有我一个人知道，而且我也不可能去告诉他们。

尤其是当马塞尔说道："那么，我们走吧？"

"好的。"

她起身，他们离开了。

乡下

一切都变得令人难以忍受。

他窗外的小空地曾经很迷人，现在却充斥着无休止的引擎和马达声，令人生厌。

甚至在夜晚，不关窗就难以入睡。

不，这真的让人不能再忍受。

孩子们一出门就可能会被轧到。简直没有一刻是安全的。

几乎是奇迹般地，他在乡下找到了这栋偏远的被弃置的农场小屋，价格仅仅是一片面包的钱。当然他还需要做些简单的装修，修整屋顶，油漆，布置一个浴室。但即使加上这些钱，也不算什么。

至少，他现在有自己的房子了。

他从邻居那儿买了些牛奶、鸡蛋和蔬菜，这些只需要城里商店一半的钱，还有一些未加工过的天然食品。

唯一麻烦的是上班的路程——二十公里——每天四趟。但是，嗯，二十公里！十五分钟的事儿。（遇到堵车、交通事故、抛锚、交警检查、大雾、冰雹，或者暴雪这样的情况就另当别论。）

学校也有些远，但是每天走三十分钟对孩子的健康有益。

(下雨下雪，或者极热和极寒另当别论。)

总之，抛开这些不谈，那里的确就是天堂。

当他到城里的时候，总笑得很开心。他把车停在小小的空位上，有时候正好就在他旧居的窗下。他闻了闻排气管的废气，然后很满意地想着自己已经让家人们免于这一切的侵扰。

后来，有了一个修路计划。

在查看了贴在市政府门口的规划后，他确认会有一条六车道的马路横穿他家，或者离得不远。他感到不安，但是没过一会儿就有了主意：如果路从他家或者他家的院子里穿过的话，那他应该可以得到一笔补偿款。有了补偿款，他就可以在乡下别处再买个房子。

为了弄明白是否如此，他去见了负责人。

负责人很礼貌地接待了他。礼貌地倾听完他的诉求后，向他解释说，可能之前他在看这个规划的时候不够仔细，马路至少会离他乡下的房子一百五十米。所以他无法领到一笔补偿款，

马路建了起来，这项伟大的工程正好距离他的房子一百五十米。

此外，除了一些连续不断的嗡嗡声外，几乎听不到别的噪声了，而且这种声音很快就可以适应。他还自我安慰，有了这条马路，上班方便多了。

但是出于谨慎，他不再向邻居买牛奶喝，因为奶牛就在马路边的草场上吃草。大家都知道，那儿的草已经被铅污染了。

六个月后，人们在距他家五十米处建了一座储气池。

两年后，一家垃圾焚烧厂建在距他家八十米外的空地上。许多满载着垃圾的大卡车，从早到晚，来来往往，工厂的烟囱

也从没灭过。

相反的是，原来那片城市的小空地，现在已经禁止车辆驶入和停放了。人们在那儿建起了一座街心花园，有花圃、树丛、供休息的长椅和孩子们玩耍的场所。

路

他从小就爱在路上散步。

在这个无望的小城的道路上。

他住在小城中心一间狭小的房子里。底层是他父母的铺子，多少有些破旧，卖的都是一些奇怪的东西。

楼上狭窄的窗户朝向城市的中心广场，晚上九点后那里就人烟稀少了。

下课后，他不是立即回家，而是会去散散步。

他会长久地盯着一些建筑物的侧面发呆，在长椅或小矮墙上坐坐。

因为成绩好，所以他的父母从不担心他。他总会在晚饭前回家，饭后还会弹一会儿他房里已经走音的钢琴。这琴他的父母一直没能卖出去，因为在这个小城里，很少有人买得起一架钢琴，即使有，他们也想要一架新的。

而他每晚都会去弹一弹这架旧琴。

其余的时间，他都在路上散步，城市很小，但他每天都会发现一条他从没有走过的路，或者从未仔细观察过的路。

一开始，他只在离家很近的老城区转悠。古老的房子、城堡、教堂和弯曲的街道让他感到很满足。

快十二岁的时候，他开始尝试走得远一些。

他驻足在一条仿佛只会出现在乡村里的路上，被那些深陷在地里的房子和几乎与地面平齐的窗户所震惊。

这条街的气氛深深吸引着他。

任何一条微不足道的路都可以吸引他几个月的注意力。他在秋天重返，想看看它下雪时候的样子，猜猜路边房子的室内是怎么布置的。透过没有拉上的窗帘和没有关紧的百叶窗，他成了一个偷窥者，一个偷窥房子的人。他对房子里面住的人一点儿也不感兴趣，他感兴趣的只有房子和路。

那些路！

他希望看看它们早上沐浴在阳光里的样子，傍晚隐蔽在暗处的样子，下雨时的样子，还有在雾中和明亮的月光下的样子。

有时候，他会感到很难过。因为他的一生不足以看尽城里所有道路的模样，所以他总是走到筋疲力尽，而且永远不想停下。

然而有一天，他必须要离开这座城市去首都学习音乐。他用那架旧钢琴换了一把小提琴。老师们都说他很有天赋。

他在首都学习了三年。

三年的噩梦。

每晚都会做，一样的噩梦。

他梦见道路、房子、屋门、墙壁、铺路石，有一种钻心的疼痛使他在夜晚汗流浃背地惊醒。他为小提琴调音，又害怕打扰邻居，一直等待着登台的那一天。

在老师和同学面前演奏的那一天，他闭上了眼睛。琴声中飘扬着他故乡美丽的道路，他在漂亮的房子前驻足，在空荡荡的街道上驻足，那道路有着令人难忘的美。

他想起被抛弃和背叛的街道，孤独感愈发强烈。

浓浓的思乡情，对道路深深的依恋，强烈的犯罪感，喷薄而出的激情，一种固执的、质朴的对这座城市土地的眷恋，一种感观的、身体的，甚至有些下流的爱，充斥着音乐厅。

身体无法安放在别处，脚步无法移动至别处，眼睛不愿看向别处。灵魂紧紧地贴着这座唯一的小城的墙，眼睛紧紧地盯着这座唯一的小城的屋檐。

他知道，他永远无法抛弃这段疯狂的感情。与本性作对，永远不可能！

“停下！”老师叫道。

他睁开了眼睛，噙着泪水。他放下了琴弓，不知道大厅里发生了什么，这对他也并不重要。

“你们在笑什么？”老师问道。

“很抱歉，老师。”一个很有天赋的学生说，“这旋律非常‘动人’。”

别的学生也终于从噩梦中清醒，肆无忌惮地笑了起来。

老师把他带到另外一间教室。

“拉吧！”老师说。

“我做不到。他们为什么要笑？”

“因为不安，他们无法承受你的音乐……你的悲伤。你恋爱了吗？”

“我不明白。”

“在艺术中掺入大量的情感已经不被赏识了。现在人们更加偏爱纯技术的音乐。浪漫主义，我也不知道，已经过时了吧，让人觉得可笑，就连爱情也是。不过在你们这个年纪，爱情很重要，这很正常，很显然你爱上了一个女人。”

他惊讶地笑了起来。

“你现在需要的是休息。”老师说道，“你已经是一个音乐家了，完全可以毕业了。我已经没什么可以教你的了，你可以回家了，开始你自己的道路，但是首先，你要休息。”

他回家了，为了好好休养一段时间。

他的小提琴也休息了，他只会偶尔弹一弹已经走音的钢琴。他靠教音乐赚取生活费。这生活很适合他，从一个学生到另一个学生，一个房子到另一个房子，一条路到另一条路。

他的父母已经去世了，父亲先走的，后来是母亲。他不太清楚具体时间。

他在路上走着。

有时会带着一份报纸坐在长椅上，但是他从不读报。世界上发生了什么他一点都不感兴趣，城里发生了什么他也没兴趣。

他只是坐在那儿，这就很幸福。

他的幸福很简单：在路上散步，在路上走，累了就坐下来。

即使在梦里，他也在路上走着，十分幸福，因为在梦中他可以走遍所有的街道而不觉得累，有着源源不断的体力。

一天晚上，他觉得自己已经很老了，害怕自己没有足够的时间再去看一遍这房子、这路。他悲伤地想，他死后肯定会回来这儿，再一遍一遍地走在这些路上。

然而，令他困扰的是，那时候孩子们肯定会害怕他，他一点儿都不想吓到城里的孩子们。

他死了，和他预想的一样，他又回来了，永远地徘徊在这些路上，这些他还没爱够的路上。

孩子的问题，他多虑了，因为在他们眼中，他和其他老人没有区别，无论是死了还是活着，对他们来说都是一样的。

大滚轮

有一个人我还没想过要杀他。

那就是你。

你可以在街上闲晃、喝酒、游荡，无论怎样的情况我都不会杀你。

不要害怕，城市本身没有危险，这里唯一的危险就是我。

我在街上走着，走着，然后杀人，

但是你，你不用害怕。

如果我跟在你身后，那是因为我喜欢你走路的节奏。你摇摇晃晃地走路，很美。似乎你有些跛脚，也有些驼背，但是并不是这样，你有时也会直起腰板，平稳地走路。而我，我喜欢你在深夜时的样子，那时你很虚弱，有些踉跄、驼背。

我跟在你身后，你的身体在颤抖。因为寒冷或者害怕，但天气是很炎热的。

在我们城里，从未，几乎从未，可能从未有过这么热的时候。

那你在害怕什么呢？

怕我吗？

我不是你的敌人，我喜欢你。

别人也不会对你做什么坏事的。

不要害怕，我在这儿，我会保护你的。

然而，我其实也痛苦。

我的泪水——大颗的雨滴——在脸上流淌。夜晚遮盖了我，月光照耀了我，云彩隐蔽了我，风儿撕裂了我。我对你怀有一种温情，这种稀少的感觉，时而会出现。

为什么是对你，我也不知道。

我想长久地跟着你，走向很远的地方，寸步不离。

我想看你遭受更大的痛苦。

我想你再也无法忍受更多。

我想你过来求我拥抱你。

我想你也想着我，需要我，爱我，呼唤我。

所以，我将你拥入怀中，紧紧地靠着我的胸口，你是我的孩子，我的情人，我的爱。

我将你带走。

曾经，你害怕出生。现在，你恐惧死亡。

你害怕一切。

不必害怕。

这里只有一个旋转着的大滚轮，它叫“永恒”。

是我在不停地将它旋转。

你不必害怕我。

也不必害怕这大滚轮。

唯一让人害怕，让人不安的东西只有一个，那就是生活，而你已经很了解它了。

入室盗窃犯

请关好你们的门。我会戴着黑手套悄悄地进来。

我不是个粗鲁的人，也不贪财或愚笨。

如果有机会的话，你们可以在我的太阳穴和手腕上欣赏到精致的静脉纹路。

但是，我只会在深夜进入你们的房间，在最后一位客人走掉，丑陋的吊灯熄灭，所有人都熟睡的时候。

请关好你们的门。我会戴着黑手套悄悄地进来。

我只停留片刻，但不会间断。我每晚都会来，去每个房子里，没有例外。

我不是个粗鲁的人，也不贪财或愚笨。

早上起床，数数你们的钱和珠宝，一样都不会缺。

只是少了你们生命中的一天。

母亲

父亲去世后没几个月，她十八岁的儿子就早早离开了家。

她继续在两室一厅的公寓里生活着，与邻居关系融洽，靠缝缝补补、熨烫衣服为生。

一天，他的儿子回来了，并不是一个人，还带着一个女孩子，非常漂亮。

她向他们张开了双臂。

她已经有四年没见过自己的儿子了。

晚饭过后，她的儿子说:“妈妈，如果你同意的话，我们两个想留在这儿。”

她的心激动地怦怦直跳。她给他们准备了最大最好的房间，但是他们却在十点的时候离开了。

“他们肯定是去电影院了。”她自言自语道，在厨房后的小房间里幸福地睡去了。

她不再是一个人了，她儿子又重新和她生活在一起了。

每天上午，她早早地起床去做些零工，新的生活也没让她放弃那些琐碎的活计。

中午的时候，她总是为他们准备好美味的午餐。她的儿子总是会带一些东西回家，鲜花、甜点、红酒，有时候是香槟。

走廊里来来去去的陌生人并没有打扰到她的生活。

“进来，进来吧。”她说，“年轻人在房间里呢。”

有时，当她儿子不在，她和女孩一起吃饭的时候，总会看到一双悲伤肿胀的眼睛。于是她也低下自己的双眼，一边往嘴里塞软面包，一边嘟囔:“他是个好男孩，善良的男孩。”

女孩很有教养，她将纸巾叠好，走出了厨房。

请柬

周五晚上，丈夫从办公室回来，心情愉悦。

“亲爱的，明天就是你的生日了。我们邀请朋友们来一起庆祝一下。你的礼物，我月底给你，现在我手头有些紧张。你喜欢什么？一只漂亮的手表？”

“我已经有一只手表了，亲爱的。我很喜欢它。”

“那一条连衣裙如何？或那种高级定制的简单女士套装呢？”

“那种高级定制！我只想要一条裤子和一双凉鞋，就这么多。”

“好的，没问题。我给你钱，你自己去买你喜欢的，但是要等到月底。明天，我们会和一群好朋友一起庆祝生日。”

“你知道的，”他妻子说道，“和一群朋友一起过，对我来说或许太累了，我更喜欢去一家不错的饭店吃顿安静的晚餐。”

“饭店可够宰人的，而且味道也不一定好。我更喜欢和大家一起在家吃一顿。我会打理好一切的，购物、准备好每道菜、邀请朋友。而你，你只需要去理发店把自己打扮得漂漂亮亮的。一切都会按时准备好的，到时候你只要坐在餐桌前就行了，为了这次生日，我很乐意来做服务生。”

丈夫开始筹备起生日会，他热衷于此。星期六下午，他请假去购物，将近五点才回来，满载东西，神采奕奕。

“肯定会非常棒的，”他对妻子说，“你要是能帮忙摆下餐具就好了，这样可以节省点时间。”

她穿着一条二十多年前买的黑色小礼服，认真地打扮过。她摆着餐具，把桌子装饰得很漂亮。

她丈夫突然说道：“你应该放上高脚杯，我来换好了。在此期间，你去炉子那儿把火生起来吧，一会儿我去烤小肉排，肯定好吃极了！过会儿你再来给土豆削皮，调好沙拉酱。嗯……生菜里总有些小虫子，真让我倒胃口！你可以把它们洗洗吗？对你来说已经习惯这些了吧。”

过了一会儿，在炉子前，他说：“木炭是够的。你能不能给我拿点杜松子酒过来，还有……对了，我们有喝酒时配的柠檬吗？哦不，我记得我可没买，我以为我们还有。不管怎么说，你应该想着开胃酒的事，可不能什么都是我做啊。我记得马尔克杂货店还是开着的。顺便去买点杏仁和榛子吧，还有橄榄！”

一刻钟以后。

“我就知道那儿会开着。你还没煎好土豆吗？我要去看看肉怎么样了。哦！我差点忘了件事儿……我还买了作为前菜的虾。快去用鲜奶油和番茄酱做个调味汁。没有番茄酱了？这屋子里怎么什么都没了！快向谁家借点去。”

妻子去楼上的邻居家问了问。邻居很乐意借给她番茄酱，但除此之外，他还坚持让她听自己讲述这一天中的不幸，甚至是他整个生活中的那些不幸。

楼下的门铃响了，朋友们到了，妻子要回去了。

丈夫叫道：“那么开胃酒呢，马德琳？”

小肉排终于烤好了，虽然有点焦，但是气氛很好，人们开怀大笑，喝了很多酒。人们总是提起马德琳的年龄，毕竟今天是她的生日。朋友们还夸赞了丈夫，提前准备好了这一切。

“十全十美的丈夫。”

“结婚十五年之后您丈夫依然这样真是有幸啊。”

“老兄，你也要这么做啊！”

凌晨三点的时候，突然安静了。

朋友们走了，丈夫在沙发上打起了呼噜，这可怜的家伙疲惫不堪。

马德琳倒空了烟灰缸，把空瓶子、脏杯子、打碎了的玻璃杯碎片理了理，最后抹了下桌子。

洗碗前，她走进浴室，对着镜子，看了好久。

复仇

他向左转了转身，又向右转了转，什么也看不见。

他很害怕，甚至哭了出来。但他也不确定，因为雨水正打在他的脸上。

高处，是灰色的天空。低处，是污泥，紧贴着他。

他说:“你为什么消失了？你玻璃般透明的双手如同山间流淌的溪水。你的眼中写着寂静。你的脸上写着憎恶。”

第二天，他说:“你尖声笑着，虽然你的脸是黑色的，但我更喜欢白色的山峰，那些在充满绝望的无轨火车上倚窗而行的旅行者们所寻找的山峰。时间一到，没有目的地的旅行者就随警铃上吊而亡。他们和我的父亲一起在那里左右摇摆。车轮间，我们永远不会出生的孩子哭泣着、叫喊着，无数星辰为他们指明了道路。”

第三天，他说:“那些挨打的人将仇恨隐藏，他们开始变得恶毒。夜晚来临，他们穿过河流，在堤坝后等待复仇的机会。”

无辜的人也惨遭毒手。

最后一天，他说:“不要问我，（他的头发在风中飞舞）不要问我是谁先开始的，是谁结束的。我所知道的，仅仅是有了第一击。”

“我将为你复仇。”

他躺在一个女人的身旁，抚摸着她湿湿的头发，或者那可能仅仅只是草皮而已。

于是，一百个男人出现在枪林弹雨过后的战场上，说道：“我们什么时候可以不再哭泣，为我们的死亡复仇？我们什么时候可以停止杀戮和哭泣？我们是幸存者，是胆小鬼，没有能力再去战斗和杀戮。我们祈求遗忘，我们想要生存。”

污泥中的男人挪动了身躯，举起武器，将他们一个不剩地打倒。

一座城市

这座城市小而寂静，房子低矮，街道狭窄，没有什么很特别的美。

我不知道为什么会这么说，只知道如果不说的话，围绕在城市四周的阴冷高山的阴影，就会压得我喘不过气来。

那里，黄昏的天空有时会染上一层特别的颜色，人们走出房门，试着给这种颜色命名。但是这种颜色是以一种神奇的方式混合而成，没有一种名字适合它。

我经常说起这些，还有房子，我们的房子。但是，我总会忘了院子里的树。

初夏的时候，在一棵苹果树上，我们找到了一些和蜂蜜一样香甜的还没有成熟的果实。当它们成熟的时候该会是什么味道啊，我从来都不知道，因为我们总会提前吃掉它们。

这使我缺少了一份回忆，但当我们只是孩子的时候又怎会预料到是这样呢？

天暗了。在那儿，夜晚是静止的，甚至连窗户前的窗帘都没有轻微的摇动，街道出奇的安静，我们感到害怕，因为总是有一个凶恶的黑影躲在山后，向城里走去，敲响紧闭的房门。

在太阳升起前，我必须要说出一切。

我要说出那条河，那口有着灰暗轮轴的水井，那令人快乐而安心的夏天，清晨五点照耀在我们脸上的阳光，还有教堂的花园。

在这个花园里，秋天每年在红叶纷纷从树上落下的时候与我们不期而遇，那时的我们总感到自己身处美好时光中。

令人惊讶的是，红叶不停地下落，下落，在地上渐渐堆积起厚厚的一层。我们在上面光脚走着，天依然很热，我们欢笑着，开始害怕起来。

商品

B 先生从来都回来得不早，恰好赶在一家人吃晚饭前。其实是他要求全家人等他吃饭，因为 B 先生很爱他的家庭，尤其是他的孩子们。吃饭很晚的时候，孩子们总会犯困，吃得也很少，爱闹脾气又爱哭。

当 B 先生觉得累的时候，他总叫妻子早点哄孩子们上床睡觉，然后自己打开电视，伴着轻轻的鼾声在摇椅中睡去。相反，当精神还不错的时候，他喜欢和孩子们一起玩儿一局扑克或者多米诺牌之类增进交流的游戏。

他的妻子通常会谢绝丈夫慷慨的邀请，在客厅的一角读读书。

B 先生一直宽待妻子，因此并不抱怨她缺席这种维系家庭生活又富有教育意义的游戏。她没有家庭的观念，也没有教育孩子的意识，但她毕竟是孩子的母亲，因为这个理由，B 先生从不责怪妻子，但内心也不是没有些许的苦涩。

现在 B 先生回来得越来越晚。因为商品卖得不紧俏了，而 B 先生是销售主管。没有当过销售主管的人是绝对无法知道一个销售主管肩上的责任有多大。必须卖出这些商品，不惜任何代价。

B 先生是认真负责的员工，他总是尽最大努力将商品卖出去。每日的劳碌占据了很多他原本可以陪伴家人的时间。

他很久没在晚饭前回家了。孩子们已经上床了，妻子在客厅的一角读着书，并没有抬头看他。B 先生吃了点剩饭剩菜——他自己加热的——然后爬上了二楼他的卧室，疲惫不堪。

尽管 B 先生做出了非凡的努力，但商品的销量越来越差。

一天晚上，他胸闷透不过气，想找妻子说说话。但是她的房间空空如也，衣柜里没有东西，抽屉里也是。他吃惊地走到孩子们的房间里，也同样没有一个人。

应该是学校放假了，他想，我肯定是忘记了这事，我不能什么都想得到。

第二天，在办公室，他得到了一张假条。

一张无期限的假条。他的业绩太差，另一位销售主管取代了他的位置。

B 先生回到家，等待着假期结束。他看着窗外飘过的朵朵白云。房间被灰尘侵占，水槽里堆满了脏污的碗碟。B 先生等待着，自言自语道为什么学校的假期那么长。

我想

现在，我几乎绝望了。以前，我总是时刻奔波，不停寻找着，总是满怀期待。期待着什么呢？我也不知道。但是我觉得生活不该只是这样，不该这样一片空白，生活中总应该发生些什么，我一直等待事情发生，甚至努力寻找着它们。

现在我觉得没什么可期待的了，所以我待在房间里，坐在一张椅子上，什么也不做。

我知道在外面会有一种生活，但是这种生活，对于我而言什么都不是。

对于别人来说，可能会有点事儿发生，但是我没有兴趣知道。

我在这儿，坐在我家里的一张椅子上。有时候会做点梦，但也不能这么说，我能梦到些什么呢？我只是坐在这儿而已。我不能说感觉很好，因为我不是想要休息才待在这儿的，不是为了舒服。

我觉得我只能待在这儿，别的什么也做不了。我也知道过会儿一定要起身。

我待在这儿也会感到不适，什么都不做，不知道已经过了几小时还是几天了。但是我找不到理由起身去做些别的事情。我就是不知道，完全不知道，应该做什么。

显然，我可以收拾屋子，打扫打扫卫生，做做这些事情，没错。

屋子很乱，也很脏。我起码应该起身去把窗户打开，这儿充满着烟味和腐烂的霉味。

但这些并不让我很反感。确实有些碍事，但这并不足以让我起身。我对这些垃圾已经习以为常。我闻不到它们，只想着偶然有一天会有人进来……

但是，那个人并不存在。

没有人会来。

不管怎样还是得做点事情。我开始阅读桌上的报纸，那是……那是一段时间以前我买来后放在桌上的。

当然，我懒得去拿报纸，所以我没有动它，从远处读着，但什么内容都没进我的脑子和眼睛里，只能看到一些苍蝇般的小黑字，于是我放弃了阅读。

尽管我知道在报纸的另一版上，有一个并不那么年轻的男青年，躺在圆形浴缸里，正和我一样读着相同的报纸，看着公告栏和波动的股市走向，很放松，手里握着杯上好的威士忌。他看上去英俊、精神、聪明、熟知一切。

想到这个画面，我忍不住起身开始呕吐，吐向那愚蠢地装在厨房墙上的非嵌入式水槽。呕吐物堵住了不幸的水槽。

我很吃惊，这堆秽物简直比我一天前所吃下的所有东西还要多一倍。看着这些恶心的东西，我又想吐，急急忙忙地从厨房走了出来。

我要去街上走走，和别人一样散散步，把一切都忘了。但是街上什么都没有，只有行人和商店，没有别的了。

想到肮脏的水池我就不想回家，也不想继续走路，于是我停在了人行道上，背对着一间大商场，看着进进出出的人们。我想那些出来的人应该留在里面，而那些进去的人应该留在外面，这样可以减少很多移动和疲劳。

这是一个不错的主意，但是他们肯定不会采纳。所以，我什么也没说，也没有动。这儿不冷，我在出口处享用着从商场里送出的暖气，我感觉很好，就和刚刚在我房间里一样好。

我的父亲

你们从未见过他。

他已经死了。

这就是我去年十二月初的时候，从不知名的家乡离开的原因。

坐了二十四个小时的火车后我到了首都，在哥哥家歇息了一晚，又坐了十二个小时的火车。三十六个小时的旅途才让我来到这个工业化的大城市，我的父亲将被囚禁在这儿，一个白色的瓷罐里，嵌在墙上的一个小洞中。

三十六个小时的火车，充满等候、停站，在寂寥和寒冷的火车站里，四周的旅人，他们的父亲还没过世或者已经过世很久，不再牵挂。我想念我的父亲，但我并不相信。

我曾经这样旅行过几次，当父亲还在世的时候，他总在旅行的终点，这座工业化城市的郊区等我，可他不曾在这儿生活过、爱过，也从未和我一起手拉手在这儿散过步。

他的葬礼上，大雨将下未下。参加的人还算多，花圈，颂歌，身着黑衣的人们。这是一次俗世葬礼，并没有神父。

我将一束康乃馨放在了白瓷罐旁，那小小的罐子，我不敢相信父亲就在里面。在我还是他女儿，他孩子时，他是那么高大。

瓷罐，不是我的父亲。

在它被放入墙洞的时候，我还是哭了。唱机放着国歌，唱着我们祈求上帝赐福于这个在过去甚至于未来都忍受着巨大痛苦的国家和它的人民。

因为两块石板一直无法密合，因此合唱的时间不得不延长。看来我父亲并不想被放到水泥墙洞里。

我之后才知道我的父亲更希望在他的家乡入土为安，而不是被封入墙洞。但是我们说服了他——一个因胃癌而垂死挣扎的人，正在被缓缓地蚕食，只有在吗啡的作用下才不知疼痛——我的母亲和哥哥说服了他，葬在这个可怕的工业化城市的墓地里。这个他从来都没爱过，也从未和我一起手拉手散过步的地方。

之后我向很多人致谢，那些人我都不认识，但是他们却认识我。妇女们拥抱了我。

最后，一切都结束了。我回到家时已经冻僵了，准确来说是回到母亲家里，招待客人。我和别人一样吃着饭，喝着酒。我感到很疲惫，因为旅程，因为仪式，因为来宾，因为一切。

我来到我父亲的小房间，他习惯在这儿读书，学习外语和写日记。

我的父亲不在这儿，也不在院子里。我觉得他是去买东西了，因为家里来了很多人。他经常去购物，他喜欢这样。

我等着他回来，希望再见到他，因为我马上就要回家了，这也意味着我马上又会回到这里。我喝了很多的酒，而他一直都没回来。

“那你会去哪儿了呢，爸爸？”我最后自言自语道，大家都盯着我看。

哥哥把我领回家休息了一晚。第二天，我就回去了。一天一夜，十二小时的火车。

在旅途中，我定了一个计划。

不久后我会回来，拆下墙板，偷走瓷罐，葬入他家乡河边的黑土中。

可我不了解他的家乡，从来都没去过。那么偷走瓷罐后，我可以把它葬在哪儿呢？

没有一个地方，我的父亲和我一起手拉手散过步。

昨日

Hier

昨日一切都很美好
树林间的音乐
发丝间的微风
还有你伸出的双手里的
阳光

逃跑

昨日，吹起了一阵熟悉的风，一阵我曾经遇见过的风。

早春，我在风中坚定地、迅速地走着，和每天早上一样。但其实我想回到床上然后继续睡觉，躺在那里，什么都不想，什么愿望也没有，一直待在那儿，直到我感受到了这个物体的靠近，不是声音，不是味道，不是气息，只是我记忆之外的一段缥缈回忆。

缓缓地，门开了，我垂下的手惊恐地感受到了老虎身上细腻而柔软的毛发。

“音乐，”它说，“奏些音乐吧！小提琴或者是钢琴。最好，最好是钢琴，弹吧！”

“我不会弹，”我说道，“我一生中从未弹过钢琴，我没有钢琴，从未有过。”

“一生中从来都没有？多么荒谬！去窗子那里，然后开始弹吧！”

在我的窗户对面是一片树林。我看到几只鸟儿聚集在树枝上准备听我的音乐。我看到它们歪着小脑袋，目光越过我，紧紧地盯着某处。

我的音乐越来越强烈，它们要受不了了。

有一只鸟儿死了，从树枝上掉了下来。

音乐停止了。

我回去了。

坐在房间中央，老虎笑着。

“今天到此结束，”它说，“你应该多加练习。”

“好的，我向你保证，我会练习的。但是请你明白我在等客人来访。他们，他们会觉得你出现在我家里十分奇怪。”

“那是当然。”它一边说一边打哈欠。

轻轻地，它穿过门离开了，我在他身后锁上了门。

“再见。”它还向我道别。

琳娜在工厂门口等我，靠着墙。她脸色苍白并且神情悲伤，我想停下来和她说话，但我从她身边走了过去，甚至没有回头看她。

过了一会儿，当我开始操作机器的时候，她来到我旁边。

“你知道吗，这很奇怪，我从来没有见你笑过。我认识你有些年头了，可是在我认识你的这几年里，你一次都没有笑过。”

我看着她，突然笑了出来。

“我更希望你还是别笑的好。”她说。

此时，我感到强烈的不安，伏在窗边，看看风是否还在那儿吹着。树儿的摆动让我感到放心。

当我转身回去的时候，琳娜已经走了。于是我对她说：“琳娜，我爱你。我真的爱你，琳娜，但是我没时间想这些，太多别的事情需要我去思考。比如这风，我必须要现在出去在风中走一走。不能和你一起，琳娜，你别生气。走在风中，这是我必须要去做的事情，因为老虎和钢琴，钢琴的音乐会杀了小鸟，而只有风才能消除恐惧，我知道只有这个办法，很久以前就知道了。”

机器在我耳边敲响了诵祷钟声。

我顺着过道向前走，门是开着的。

这扇门一直是开着的，然而我却从未试着从这扇门出去。

为什么？

清风扫过街道。这空空的街道让我感到陌生。我在工作日的早上从未见到过这样的街道。

之后，我坐在一张石头长椅上哭了起来。

下午，太阳出来了。天上飘着小小的云朵，气温也很温和。

我进了一家餐馆，我很饿。服务生将装着三明治的盘子端到我面前。

我对自己说:“现在，你必须要回到工厂里去。你要回去了，你没有理由不去工作。是的，就是现在，我要回去了。”

我又开始哭了起来，我发现我把三明治全部吃掉了。

为了快点回去，我坐上了公交车。已经下午三点钟了，我还可以继续工作两个半小时。

天气又阴沉了起来。

当公交车开过工厂的时候，检票员看向我。又向前开了一点，他拍了拍我的肩膀。“这是终点站了，先生。”

我下车的地方是一个公园，周围是树林，还有几栋房子。我走进树林的时候天已经黑了。

现在，雨变大了，还夹杂着雪。大风野蛮地吹着我的脸庞，一直是这样，这样吹着。

我继续走着，越来越快，朝着一个山顶。

我闭起了眼睛。反正我什么都看不见，每走一步，我都会撞在一棵树上。

“水！”

远处的空中，飘来某人的喊声。

这很奇怪，到处都有水啊。

我也很渴。我仰头向后，两臂张开，倒了下去。就这样，我倒在了泥浆里，不再动了。

我就是这么死的。

不久，我的身躯就和大地融为一体。

当然，我并没有死。一个散步的人在树林中央的泥浆中发现了我。他为我叫了辆救护车，之后我被送到了医院。我没有被冻伤，只是浑身湿透，在树林里睡了一晚，就是这样而已。

没有，我没有死。只是我的支气管炎变得十分严重，必须要在医院待六个星期。当我的病好了之后，就被送去精神科治疗，因为我曾想要自杀。

我很高兴能够留在医院里，因为我并不想去工厂。这里，一切都很好，人们会照顾我，我睡得非常香，餐食也很不错，有很多菜单可以选择。还有专门的吸烟室可以吸烟。和医生说话的时候，我也可以吸烟。

“我们并不能写下自己的死亡。”

心理医生这么对我说，我也同意他的话，因为在我们死了之后，确实不能再写作。但是对我而言，我觉得我可以写下任何的东西，即使是那些不可能或者不真实的东西。

总之，我在脑海里写作，这样更简单一些。在脑海里，一切都可以顺利地展开，一旦提笔，思绪就会扭曲变形，然后一切都因为写下来的文字变得虚假起来。

我走到哪儿写到哪儿，去乘公交车的路上写作，坐公交车的时候写作，在更衣室里写作，在工作的机器前面写作。

麻烦的是，我写的东西并不是我应该写的。我写的任何东西，人们都看不懂，甚至我自己也不懂。晚上，当我回忆我今天写了什么的时候，我总是自问我为什么要写这些玩意儿。为谁，又究竟是什么原因？

心理医生问我："谁是琳娜？"

"琳娜是被创造出来的一个人，她并不存在。"

"老虎、钢琴，还有小鸟呢？"

"噩梦，仅仅是噩梦。"

"您因为做噩梦所以想自寻短见吗？"

"如果我真的想自杀，那我应该已经死了。我只是想休息一下。我的生活不能继续像现在这样了，那个工厂还有剩下的一切，琳娜也不在我身边，没有希望的生活。每天早上五点起床，小跑追赶公交车，四十分钟的路程，在第四个村子下车，被工厂的墙壁包围着，迅速穿上灰色的罩衫，在大钟前拥挤的地方录考勤，跑去负责的机器那里启动它，然后开始以最快的速度不停地穿孔、穿孔、穿孔，在同样的地方穿同样的孔，尽可能一天穿一万次，只有保持这样的速度才可以拿到相应的工资，才能生活。"

医生说："这就是工人的正常生活，您应该庆幸的是您还有一份工作。其他好多人仍是失业的。至于琳娜……一个年轻的金发姑娘每天都来看您，为什么她不能叫琳娜呢？"

"因为她叫约兰达，她永远不会叫琳娜。我知道她不叫琳娜，也不是琳娜，她是约兰达。这个名字多么可笑，不是吗？她也和她的名字一样可笑。头发染成金色，盘在头上，像猫爪子一样长的指甲涂成粉色，高跟鞋足有十厘米。约兰达是一个娇小的姑娘，非常娇小，先生，所以她穿着十厘米的高跟鞋，梳着奇怪的发型”

医生笑着问:“那您为何要继续和她接触呢？”

“因为我没有别人了，还有就是我不想改变。为了适应这个时代我已经很疲惫了。总之，事情归根到底都是一样的，约兰达，或者是别人。我每周去看她一次，她做一些料理，而我会带着酒。我们之间没有爱情。”

医生说:“从您的角度来看，或许是没有，但您知道她的感受吗？”

“我并不想知道，也并不关心她的感受。在琳娜到来之前，我会继续去找她的。”

“您仍相信这个？”

“当然，我知道她就存在于某个地方。我也很确信我来到这个世界，就是为了去见她。她也是，她来到这个世界，也是为了来见我。她叫作琳娜，她是我的妻子，我的爱，我的生命。我从未见过她。”

约兰达，我是在买袜子的时候认识的。黑色的、灰色的，还有白色的网球袜，可是我不打网球。

约兰达，我第一次见到她的时候，她非常美丽。她迷人地轻轻地斜着头，向我介绍着袜子，微笑着，像要舞起来一样。

我买了袜子，向她问道：“我可以在别的地方再次见到您吗？”

她傻呵呵地笑了起来，我并不关心她的傻笑，我只关心她的身体。

“您在对面的咖啡馆等一会儿吧，我五点下班。”

我买了一瓶酒，然后用塑料袋装好我的袜子，在对面的咖啡馆等着她。

约兰达来了，我们喝了杯咖啡，然后去了她家。

她饭做得很好。

约兰达对于那些没有在一大早见过她的人来说是美丽的。

清晨，她的面容憔悴，头发凌乱，妆也卸了，黑眼圈十分明显。

我看着她去洗澡，她的大腿很纤细，几乎没有胸，也没有屁股。

她已经洗了将近一个小时。走出浴室时，她又重新是那个美丽可爱的约兰达了，头发梳得很整齐，妆也化得很好，穿着那双十厘米的高跟鞋，微笑着，看着很愚蠢。

通常来说，我周六晚些时候会回自己家，但有时候也会待到周日的早晨，这种情况下，我会和她一起吃早餐。

她会去那家离她家步行二十分钟路程，周日仍然营业的面包店买些羊角面包，然后煮些咖啡。

我们一起吃早餐，之后我就回家了。

我走后约兰达会做些什么呢？我不知道，我从未问过她。

谎言

在我所有的谎言中，这是最有趣的一个：

那就是每当我和你说起我是多想再见一眼故乡的时候。

你眨着眼，神色动容，清清嗓子，说着一些安慰人的话语，一晚上都不敢露出笑脸，对你说出这个故事还是很值的。

我回家之后，会点亮屋里所有的灯，然后伫立在镜子之前，看着镜中的自己，直到画面变得模糊，难以辨认。

很长时间里，我在房间里走动，我的书死气沉沉地躺在桌子和书架上，床很冷，非常的冷，冷得难以入睡。

黎明就要来临，对面屋子的窗户还是一片漆黑。

我检查了好几次门是否已经被关上。我试着想起你的样子以便可以有点困意，可是你只是一幅灰色的画面，和我其他的记忆一样不可捉摸。

就像我在一个冬夜里穿过的黑色山岭，就像我在清晨醒来时待在一个破旧农场的房间，就像我已经工作十年的现代化工厂，就像已经看过无数遍不想再见到的风景。

不久，我就没什么可想的了，只剩下一些我不想回忆起的事情。我想流出一些眼泪，可是我却不能，因为我没有理由这么做。

医生问我:“为什么您会选择‘琳娜’这个名字作为您在等待的那个女子的名字呢?”

我对他说:“因为我的母亲叫琳娜,我很爱我的母亲。她去世的时候我才十岁。”

他说:“和我说说您的童年。”

我正要说这个,我的童年!所有人都对我的童年感兴趣。

我对这些愚蠢的问题已经司空见惯,早已准备好了一个可以回答任何人的童年故事,谎言毫无破绽。这个谎言我用过好几次,对约兰达这么说,对仅有的几个朋友和熟人也是这么说,对琳娜也是,我也将会这么对她说。

我是战争孤儿,父母在轰炸的时候去世,家族中仅幸存我一个人,没有其他任何兄弟姐妹。

和那时候大多数的孩子一样,我在孤儿院中长大。十二岁时,我从孤儿院逃了出来,穿过了国境线。这就是全部。

“这已经是全部?”

“是的,这就是全部。”

我不会对他坦白我真正的童年!

我出生在一个没有名字的村子，一个微不足道的国家里。

我的母亲，埃丝特，是村子里的乞丐，她也会和男人睡觉以换取一些面粉、玉米和牛奶，或者捡拾田地与公园里的水果和蔬菜，有时从农场的院子里偷来一只鸡或小鸭子。

村里人杀猪的时候，会留给我母亲一些下脚料，猪肚和一些别的我不知道的东西，那些其他村民不愿意吃的东西。

对于我们来说，一切都是好的。

我的妈妈是村子里的小偷、乞丐和妓女。

我呢，我就坐在屋子前面，玩儿着泥巴，揉捏着它们，把它们捏成许多的阴茎、胸部和臀部。我会把那些红色的黏土捏成妈妈的样子，然后用手指在上面戳上一个个小洞。嘴巴、鼻子、眼睛、耳朵、阴部、肛门以及肚脐。

我妈妈的身上千疮百孔，就和我们住的房子、穿的衣服和鞋子一样。我用泥浆将我鞋子上的洞眼盖住。

我在院子里生活。

当我饿了、困了或者是冷了的时候，我才会回到屋子里，那儿有一些可以吃的东西，比如干瘪的苹果、熟透的玉米、凝固的牛奶，有时候会有面包。我就睡在厨房旁边的草垫上。

大多数时候，房门是开着的，这样厨房里的暖气可以稍微传到房间里一些，我看着、听着那里发生的一切。

妈妈会去厨房的水桶里洗澡，用一块碎布擦洗身子，然后回来睡觉。她几乎不和我说话，也从不亲吻我。

最让人惊讶的是我是她唯一的孩子，我一直不知道她为何没有生下别的孩子，唯独把我“留”了下来，也许因为我是她的第一个“意外情况”。她只比我大十七岁，也许那之后她才学会了如何流掉孩子并且保住性命。

我还记得她曾经卧床好几天，所有的碎布上都染着血。

当然，我并没有什么好忧愁的，甚至可以说我的童年还算快乐，因为我并不知道别人的童年是什么样的。

我从不去村子里，我们住在墓地的旁边，道路和村落的后面。我很开心可以在院子里玩泥巴。有时，天气很好，但我喜欢刮风、下雨，还有云彩。雨水将头发贴在了我的额头上，脖子里，还有眼睛里。风儿又将我的头发吹干，抚摸着我的脸庞。躲在云彩后面的怪兽向我讲述着我不知道的国度。

冬天，日子更难过。我喜欢雪花，但是我不能在外面待太久。我没有很多厚的衣服，特别容易冷，尤其是双脚。

幸运的是，厨房里一直很暖和。我妈妈会捡来牛粪、枯木和一些垃圾来烧火，她也不喜欢寒冷。

有时候，会从房间里走出来一个男人，走向厨房，他会久久地看着我，摸着我的头发，亲吻我的额头，将我的双手贴上他的脸颊。

我不喜欢这样。我害怕他，有些颤抖，但是我没有勇气推开他。

他经常来这里，他并不是一个农民。

我并不害怕农民，我讨厌他们，唾弃他们，他们让我觉得恶心。

这个男人，这个抚摸我头发的人，我在学校里再次见到了。

在这个村里只有一所学校，校长教授所有的课程，直到六年级。

去学校的第一天，我母亲把我梳洗了一番，给我穿上了衣服，剪了头发。她自己也尽可能地打扮了一下。她陪我去了学校，她只有二十三岁，很漂亮，是全村最美丽的女人，但我因她而感到难为情。

她对我说："别害怕。校长很亲切，你也认识他。"

我走进了教室，坐在了第一排，就在讲台的正对面。我等着。在我的旁边，坐着一位不是很漂亮，消瘦又脸色苍白的女孩子，梳着两个辫子。她看着我并对我说："你穿的是我哥哥的衣服，你的鞋子也是。你叫什么名字？我叫卡洛琳娜。"

校长走了进来，我认出了他。

卡洛琳娜说："这是我父亲，坐在后面的是我哥哥和一些高年级的学生。我家里还有一个三岁的弟弟。我父亲叫桑多尔，是管理这里一切的人。你父亲叫什么名字？他是做什么的？应该是个农民，我觉得。这里只有农民，除了我的父亲。"

我说："我没有父亲，他死了。"

"哦！真遗憾！我可不希望我父亲死掉，但是现在还有战争，很多人会死掉的，尤其是男人。"

我说："我不知道现在还在打仗，也有可能你在说谎。"

"我没有说谎，我们每天都可以从收音机里听到关于战争的消息。"

"我没有收音机，我也不知道那是什么。"

"你可真是愚蠢！你叫什么名字？"

"托比亚斯，托比亚斯·霍瓦特。"

她笑了。“托比亚斯，这个名字真可笑。我有一个叫托比亚斯的爷爷，但他年纪很大，为什么你不取一个正常一点的名字？”

“我不知道，对我来说，托比亚斯这个名字很正常。卡洛琳娜也不是一个很好听的名字。”

“你说得有道理，我不喜欢我的名字，叫我琳娜吧，和别人一样。”

校长说：“别再窃窃私语了，孩子们。”

琳娜继续悄悄说道：“你在几年级？”

“一年级。”

“我也是。”

校长发了一张单子，上面列着需要购买的书本。

孩子们都回家了，唯独我留在了班上。校长问我：“有问题吗，托比亚斯？”

“是的，我妈妈不识字，而且我们没有钱。”

“我知道，别担心，明早你就会有你需要的东西了，安心回去吧，我今晚会去看你的。”

他来了，关上门和我妈妈待在房间里。他是唯一一个在和我妈妈亲热的时候把门关上的。

我在厨房里睡下，和往常一样。

第二天，学校里，我的座位上已经摆好了书、本子、铅笔、钢笔、橡皮和一些纸张。

那天，校长说我和琳娜不能继续坐在一起了，因为我们总是在讲话。他让琳娜坐到了教室的中间，和女孩子们一起，但她比之前更爱说话了。现在只有我一个人对着讲台。

课间的时候，那些高年级的学生总是试着羞辱我，他们叫喊：

“托比亚斯，妓女的儿子，埃丝特的儿子！”

校长制止了他们，严厉地说：“别招惹这孩子。我会收拾欺负他的人。”

他们都退了回去，低着头。

课间的时候，只有琳娜会来找我。她给我一半的土司面包或饼干，说道：“我父母叫我对你友好一些，因为你很可怜，没有父亲。”

我并不想接受吐司和饼干，但我很饿，在家的时候，从没有这些好吃的东西。

我继续上学，很快就学会了认字和算术。

校长仍旧会来我家，借我一些书，有时，他也会带来一些他儿子穿着嫌小的旧衣服和旧鞋子给我。我并不想要这些东西，因为琳娜认识这些衣服和鞋子，但是我妈妈强迫我穿上它们。

“除了这些，你没有别的东西可以穿了。你想要裸着身体去学校吗？”

我不想光着身子去学校，甚至不想去学校。但是必须去，如果我不去学校，那么宪兵会来抓我去学校，这是我妈妈告诉我的。如果她不送我去学校，那么宪兵也可以把她抓走关起来。

所以，我去了，我上了整整六年学。

琳娜对我说：“我爸爸对你很好，我们可以把衣服留给我弟弟穿，但他却给你了，因为你没有爸爸。我妈妈也同意他这么做，因为她很善良，她觉得我们要帮助可怜的人。”

村子里全是善良的人，农民和农民的儿子会来我家给我们送些吃的。

十二岁的时候，我完成了义务教育，成绩很出色。桑多尔对我妈妈说：“托比亚斯要继续学习，他比一般人要优秀。”

我妈妈这么回答：“可是您知道我没有钱付他的学费。”

桑多尔说：“我可以找到一间免费的寄宿学校，我的大儿子就在那里，吃住都管，没有别的费用。至于一些零花钱，由我来提供，他可以成为一名律师，或一名医生。”

我母亲说：“如果托比亚斯也走了，那就只剩我一个人。我曾想的是一旦他成年了，就可以工作给家里挣钱，给那些农民打工。”

桑多尔说：“我不希望我的儿子成为农民，更糟糕的是成为给农民打工的，或者像你一样，做个乞丐。”

我母亲说：“我之所以留下这个孩子，是因为我念在过去的情分上，而现在我老了，您就要把他从我身边夺去。”

“我以为你是因为爱我和爱这个孩子才留下了他。”

“是的，我爱您，我依然爱您，但是我需要托比亚斯，我不能没有他，现在，我爱的是他。”

桑多尔说：“如果你真的爱他，你就消失吧。和你这样的母亲一起，他不会有什么好结果的。你只会是一个负担，也会成为他一生的耻辱。到城里去吧，我给你付车费。你还年轻，还可以继续做二十几年的梦，你也会比跟这里的农民在一起多赚十几倍的钱，我会照顾托比亚斯的。”

我母亲说：“就是因为您我才留在了这里，也是因为托比亚斯，因为我希望他可以在他父亲的身边。”

“你确定他是我的儿子？”

“您清楚的，我那时是处女，我只有十六岁，您应该记得这些。”

“我知道的是，这几年，全村的男人都会来你这里晃悠。”

她说：“是的，但不这样我该怎么办呢？”

“我帮助过你。”

“是的，一些旧的衣服和鞋子。但是还要有些吃的东西啊。”

“我做了我能做到的，我只是一个小学的校长，并且已经有了三个孩子。”

我母亲问道：“您不再爱我了？”

男人回答：“我从未爱过你，你的脸庞、眼睛、嘴巴，还有身体让我着迷，缠住了我。可是托比亚斯，我爱他，他属于我。我会照顾他的，前提是你必须离开，你和我之间，已经结束了。我爱我的妻子和孩子们，包括你给我生的孩子，我爱他。而你，我已经无法忍受你了。你只是我年轻时候的一个错误，一个一生中我犯过的最大的错误。”

和往常一样，我一个人待在厨房。房间里传来我一如既往厌恶的声音，即便如此，他们依然继续做爱。

我听着他们的声音，在草垫上盖着被子颤抖，整个厨房都跟着我一起颤抖。我试图用双手温暖我胳膊、大腿还有肚子，然而无济于事。我的身体因无法控制的抽泣而颤动着，在草垫上，被子底下，我突然明白了桑多尔就是我的父亲，并且他想要摆脱母亲和我。

我的牙齿咯咯作响。

我很冷。

我感受到了我体内对这个男人的仇恨之情。他假装是我的父亲，并且现在就要我放弃我的母亲，自己也准备抛弃她。

我很茫然，受够了这一切，既不想继续上学，也不想去那些每天来调戏我母亲的农民家里打工。

我只有一个想法：离开，远走，死去。这对我来说都是一样的，我想要去远方，再也不回来了，然后彻底消失在森林里，在云朵里，什么也不记得，忘却，忘却。

我拿了抽屉里最大的一把刀，一把用来切肉的刀，走进房间。他们睡着了，他就睡在她身上，月光照着他们。这是一轮圆月，巨大的月亮。

我把刀插进了男人的背后，我将全身的重量压在了刀柄上，这样它就穿透了他的身体，也插进了我母亲的身体里。

这一切之后，我走了。

我走在种着玉米和小麦的田野上，走在森林里。我要去太阳落下的地方，我知道在西边有别的国家，和我们这里完全不同。

我穿过一座座村庄，行乞或者在田里偷些水果和蔬菜，我藏在运货的火车车厢里，我和卡车司机一起旅行。

没有被任何人发现，我来到了另一个国家的大城市里。为了生存，我继续行乞或偷窃，在大街上睡觉。

有一天，警察逮住了我。他们把我带到了一个收容男孩子的“青年所”里，那里有一些少年犯、孤儿和像我一样的流浪者。

我也不叫托比亚斯·霍瓦特了，我用我父亲和母亲的名字又造了一个名字，现在我叫桑多尔·莱斯特，是一个战争留下的孤儿。

他们会问我很多的问题，在几个国家里帮我寻找我可能还活着的父母，但是根本不存在一个叫桑多尔·莱斯特的人。

在寄宿学校里，我们按时吃饭、洗澡以及学习。校长是一个美丽、优雅、严肃的女人，她希望我们成为有教养的人。

十六岁的时候，我可以去选择一份工作，如果成为学徒的话，我将不得不继续待在寄宿学校里，我已经无法忍受那校长了，还有每天一样的日程表，和许多人挤在一个房间里睡觉。

我希望可以尽早赚钱，然后完全地获得自由。

我成了一名工厂工人。

昨天，在医院，人们通知我可以回家并且明天就可以继续工作了。所以，我回家了，我把开给我的药，那些粉的、白的、蓝的药片，都扔到了厕所里。

幸运的是，今天是周五。在重新开始上班之前还有两天的休息时间。我利用这个时间采购了一些东西，填满了我的冰箱。

周六晚上，我去看了约兰达，然后一回到家里，我就喝了很多啤酒，开始写作。

我想

现在，我几乎绝望了。以前，我总是时刻奔波，不停寻找着，总是满怀期待。期待着什么呢？我也不知道。但是我觉得生活不该只是这样，不该这样一片空白，生活中总应该发生些什么，我一直等待什么事情发生，也努力寻找着它们。

现在我觉得没什么可期待的了，所以我待在房间里，坐在一张椅子上，什么也不做。

我知道在外面会有一种生活，但是这种生活对于我而言什么都不是。

对于别人来说，可能会有点事儿发生，但是我没有兴趣知道。

我在这儿，坐在我家里的一张椅子上。有时候会做点梦，但也不能这么说，我能梦到些什么呢？我只是坐在这儿而已。我不能说感觉很好，因为正相反，我不是为了舒服才待在这儿的。

我觉得我坐在这儿没有任何好处，我也知道过会儿一定要起身。我待在这儿什么都不做也会隐约感到不适，我不知道已经过了几小时还是几天了。但我找不到理由起身去做些别的事情。我就是不知道，完全不知道，应该做什么。

显然，我可以收拾屋子，打扫打扫卫生，做做这些事情，没错。屋子很乱，也很脏。

我起码应该起身去把窗户打开，这儿充满着烟味和腐烂的霉味。

这些并不让我很反感。或者说确实有些碍事，但并不足以让我起身。我对这些气味已经习以为常。我闻不到它们，只想着偶然有一天会有人进来……

但是，那个人并不存在。

没有人会来。

不管怎样还是得做点事情。我翻开了不知多久以前我买来放在桌子上的报纸。当然，我懒得去拿报纸，所以我没有动它，从远处读着，什么内容都没进我的脑子里。我放弃了阅读。

尽管我知道在报纸的另一版上，有一个并不那么年轻的男青年，躺在圆形浴缸里，正和我一样读着相同的报纸，看着公告栏和波动的股市走向，很放松，手里握着杯上好的威士忌。他看上去英俊、精神、聪明，熟知一切。

想到这个画面，我忍不住起身开始呕吐，吐向那愚蠢地装在厨房墙上的非内嵌式水槽。呕吐物堵住了不幸的水槽。

我很吃惊，这堆秽物简直比我一天前所吃下的所有东西还要多一倍。看着这些恶心的东西，我又想吐，急急忙忙地从厨房走了出来。

我要去街上走走，把一切都忘了。我要和别人一样在街上散步，但是街上什么都没有，只有行人和商店，没有别的了。

想到肮脏的水池我就不想回家，也不想继续走路，于是我停在了人行道上，背对着一家大商场，看着进进出出的人们。我想那些出来的人应该留在里面，而那些进去的人应该留在外面，这样可以减少很多移动和体力。

这是一个不错的主意，但是他们肯定不会采纳。所以，我什么也没说，也没有动。这儿不冷，我在出口处享用着从商场不断打开的大门里漏出的暖气，我感觉很好，就和刚刚在我房间里一样好。

今天，我愚蠢的生活又重新开始了。五点醒来，然后梳洗，刮胡子，喝杯咖啡。离开家后跑着赶到中心广场，搭上公交车，闭上眼，如今生活中的一切恐惧便浮现在眼前。

公交车一共有五站，第一站在城市的边缘，然后每穿过一个村子便会停一次，公交车经过的第四个村子就是工厂的所在地，我在这儿已经工作了十年。

一家钟表厂。

我用手捂住了脸，假装还在睡觉，可这其实是为了掩盖我的泪水，我哭了。我不想再继续和灰色的罩衫打交道了，不想再登记考勤，不想再启动我的机器，不想再工作了。

我穿上了工作服，登记了考勤，走进了车间。

机器都已经开始运转了，我的那台也是。我只需要坐在前面，把零件拿上来，放在机器的下面，然后踩下踏板。

这是一家位于山谷上方的庞大的钟表工厂。在这里工作的人都住在同一个村子里，除了个别的几个人和我一样住在城里。因为人数不多，所以公交车会比较空。

工厂只生产制造一些零件和半成品，之后再给别的工厂继续加工。我们这儿没有一个人可以组装一只完整的手表。

至于我，就是用机器在一个零件上打孔，十年间的每一天，都在同样的位置上，打同样的孔。我们的工作可以这样概括：把零件放在机器上，然后踩下踏板。

这份工作仅仅让我们可以有口饭吃，有地方住，或者说只是为了保证我们可以明天继续来工厂里工作。

无论天晴还是天阴，灯光都会照亮巨大的车间，喇叭里会播放一些轻柔的音乐，领导认为工人们听着音乐可以更好地工作。

有一个小家伙，也是工人，会卖一些小袋的白色粉末，那是村子里药店的老板专门为我们调制的镇静剂。我不知道这是什么成分，有时候也会买点尝尝。服了这些药粉，一天总会过得很快，内心会变得愉快一些。药粉并不贵，基本所有的工人都吃过，领导也睁一只眼闭一只眼，药店老板因此发了财。

有时候会发生骚动，一个女人站起来大喊："我受够了！"

有人把她带走了，然后我们继续工作，他们对我们说："这没什么，她疯了。"

在车间里，每个人都有自己负责的机器。同事之间不能讲话，除了在厕所里，而且时间不能太长，我们不在的时间会被计算、标注，并记录在案。

晚上下班之后，我们只有时间买点东西，做一顿晚饭，然后早早爬上床睡觉，因为第二天还要早起。有时候，我会想我活着是为了工作，还是工作让我继续活着。

怎么活着呢？

单调的工作。

极低的薪水。

寂寞。

约兰达。

世界上有很多的约兰达。

美丽的金发女郎，多多少少有些愚蠢。

我们从中选择一个带走。

但是，约兰达并不能填满寂寞。

约兰达不会选择来工厂工作，她们会去商店或超市，那里赚钱更少，不过环境比工厂要干净，也更有可能遇到未来的丈夫。

在工厂里工作的多是结了婚的女性。她们十一点的时候会回去准备午饭，领导允许她们这样做，因为她们的工资是按件算的。下午一点，她们就回来和我们一样继续上班，孩子和丈夫也在吃了午饭后回到学校和工厂。

在工厂的食堂吃饭更方便一点，但是对于一个家庭来说，花费会比较多。我可以承受的通常是只点一份当日的特价菜，因为这是最便宜的，味道不是很好，但我不关心这个。

午饭之后，我会读一读从家里带来的书，或者下下棋，自己和自己下，别人喜欢玩牌，也不怎么理我。

虽然一起工作了十年，我对他们来说仍是个外国人。

昨天，我的信箱里收到了一张传单，要我去邮局领取一封挂号信，传单上贴了寄方：市政厅，轻罪法庭。

我感到害怕，想要逃走，逃得远远的，越远越好，逃到海的另一边。难道在这么多年之后，我的杀人行迹败露了吗？

我去邮局拿了信，拆开信封，信的内容是叫我去法庭做一次翻译，被告来自我的祖国。食宿可以报销，也会告知工厂帮我请假。

在约定的时间，我来到了法庭。接待我的女士非常美丽，美丽到我想叫她琳娜，但她很严肃，不可靠近。

她问我："您认为您依然记得母语，并可以担任翻译吗？"

我对她说："我从未忘记我的母语。"

她说："您必须宣誓，会一字不漏地翻译出您所听到的每一句话。"

"我宣誓。"

她让我签了份文件。

我对她说："要不要去喝一杯？"

她说："不了，我很累。来我家吧，我叫夏娃。"

我坐上了她的车，她开得很快，在一幢别墅前停下，进了家门。她家的一切都很现代。在厨房里，她给我和自己各倒了一杯酒，然后在客厅的一张大沙发上坐下。

她放下了酒杯，开始亲吻我，然后慢慢地开始脱衣服。

她很美，比任何一个我见过的女人都美。

但她不是琳娜，她也不可能是琳娜，没有人会是琳娜。

伊万的审判上来了不少同胞，他的妻子也在场。

伊万去年十一月来到这里，他找了一间两居室的公寓，他和他的妻子，以及三个孩子挤在里面生活。

他的妻子受聘于一家房产物业保险公司，负责晚上的时候打扫办公室。

几个月之后，他在另一个城市里找到了工作，在一家饭店里当服务生，那里的每个人都很满意他的工作。

每个星期，他都会往家里寄一个包裹，包裹里装着他从饭店的备货里偷来的食物。他还被控告从收银机里偷钱，这点他并不承认，也没有证据证实。

审判的当天，伊万还不仅被指控偷窃罪，更糟的是在拘留所等待受审的时候，他打晕了看守，逃回了自己家中。他的妻子还没工作回来，孩子们在睡觉，伊万想等他妻子回来一起逃走，但是警察却先来了一步。

“你因为袭击看守所以被判入狱八年。”

我将这句话翻译给伊万，他看着我：“八年？您搞清楚了吗？那个看守并没有死，我并不想杀他，他还活着，并且活得很好。”

“我只是一个翻译。”

“我的家庭八年后会变成什么样子？我的孩子们他们会变成什么样？”

我说：“他们会长大。”

狱警把他带走了，他的妻子晕了过去。

审判结束之后，我陪我的同胞们去了他们到这里以后经常去的一家小酒馆。那是市中心一家吵闹喧嚣的小酒馆，离我家不远。我们喝着啤酒，说起了伊万。

“他竟然想要逃跑，这真是太愚蠢了。”

“如果不逃跑的话，也许几个月就可以出来了。”

“或者被遣返回国。”

“那也比坐牢强。”

有人说：“我住在伊万家公寓的楼上，他们搬进来之后，每天晚上我都能听到他刚下班回来的妻子的哭声，她会抽泣很久。原来在村子里，有父母、邻居，还有朋友，我觉得她会回去的。发生了这件事之后，她不会等伊万八年的。在这里，她只有她自己和孩子们。”

不久之后，我得知伊万的妻了和她的孩子们的确回国了。有时候我想我应该去监狱看看伊万，然而我并没有这样做。

我越来越频繁地去小酒馆了，差不多每晚都去，认识了不少同胞。我们会一起围坐在一排长长的桌子旁。一个也是我们同胞的女孩给我们倒酒，她叫薇拉，每天下午两点到午夜在这里工作。她的姐姐凯蒂和姐夫保罗也是这里的常客。凯蒂在城里的一家医院工作，在那里有一个托儿所可以照顾他们才几个月的小女儿。保罗在一家修车厂工作，他对摩托特别痴迷。

我还在那里认识了让，一个没有任何技能的农民，他总是喜欢跟着我。他还没有找到工作，在我看来，他是不会找到工作的。他很脏，穿得也很差，现在仍然住在难民收容中心。

保罗成了我的朋友，我经常去他家过夜。他妻子工作回家之后要做饭洗碗，还要照顾女儿。

保罗说:“我已经困了，但我要等到午夜的时候去接薇拉。”

他妻子说:“她可以自己回来，这是个小城市，她不会有什么危险的。”

我对他们说:“你们睡吧，我去接薇拉。”

我又回到了小酒馆里。薇拉和他的老板在算账，她在门口看到了我，向我微笑。

我说：“保罗累了，今晚我陪你回去。”

她说：“真是太好了。我可以自己回去，你知道的，但保罗说他有义务照顾我。”

“你多大了？”

“十八岁。”

“那你还真的只是个孩子。”

“你太夸张了。”

我们走到了大街上，已经过了午夜十二点，城市里很空，完全寂静。薇拉挽住了我的胳膊，和我靠得很近。在屋子前，她对我说：“吻我。”

我亲了亲她的额头，然后离开了。

另一天晚上，我又去接她。她还有最后一个客人没走。一个年轻的男孩仍然坐在最里面的桌子边。

“没必要等我了，安德烈会陪我的。”

“他是我们那里的人吗？”

“不是的，他是本地人。”

“那你们都不能对话。”

“那又如何？不需要说什么话，他吻技很好。”

因为答应了保罗不让薇拉一个人回去，我一直跟着他们来到房子前面，他们亲吻了很久。

我想我应该把这事儿告诉保罗，可是我什么都没说。我只是对他说我不能再去接薇拉了，因为我也要早睡，为了我的工作。

于是保罗每晚都会去小酒馆，每当他出现的时候，就没有安德烈什么事了。

一个周日的下午，在保罗家，我们说起了假期，保罗很开心，因为他自己存钱买了一辆二手摩托。凯蒂和他要去旅游，女儿会托付给医院的托儿所。

我问:“那薇拉呢？这两个星期她一个人怎么办？”

薇拉说:“我没有假期，要和平常一样工作。那你呢？桑多尔，你准备干什么？”

“我和约兰达一起外出一周，去海边露营。第二周开始，我就可以回来照顾你。”

“这太好了。”

保罗插话道:“你不用担心，桑多尔，我已经拜托让在晚上来照顾薇拉了，反正他也没别的事可做，我会给他一点儿钱点杯酒喝。”

薇拉哭了起来。“谢谢你，保罗，让这个发臭的农民来陪我，你做得真是太好了。”

她从厨房走了出去，从房间里继续传来哭声。我们谁都不再说话，眼神也互相闪躲。

回家的路上，我想我可以娶薇拉。我们年纪相差不大，不到十岁。但首先我需要离开约兰达，我必须要决心和她断绝关系。就在这个假期。正好可以趁机缩短这段糟糕的相处时光，它会和去年一样令人厌倦和不快：整整一周，和约兰达待在一起！还不说炎热、蚊子，还有沙滩上无数的人。

和预期的一样，一周过得非常漫长。白天的时候。约兰达喜欢躺在沙滩上的一块浴巾上。对她而言最重要的就是晒成古铜色的皮肤回去，这样穿浅色裙子会更加好看。而我呢，我白天的时候就在帐篷里看书，晚上的时候去海边走一走，直到确定约兰达已经睡了我才会回去。

没有机会和她断绝关系，因为我们几乎没有说话。

不管怎么样，我放弃了迎娶薇拉的念头，因为琳娜随时可能会出现。

周日晚上，我们度假回来，约兰达周一又要去上班，我帮她从车上拿下东西，把帐篷和床垫收到她简陋的小家里。约兰达很开心，她被晒成了古铜色，假期很成功。

“周六晚上再见。”

我去了小酒馆。我迫不及待地要见薇拉，我坐在一张桌子旁，一个男服务生走了过来，我问他：“薇拉不在吗？”

他耸了耸肩。“她从五天前就不来了。”

“她生病了？”

“我不知道。”

我离开了小酒馆，一路跑到保罗家。他们住在三楼，我迅速爬了上去，按响了门铃，还用手敲门，一位邻居听见了声音，开门对我说：“这里没人，他们去度假了。”

“那个年轻的女孩子也去了？”

“我和您说了，这里没人。”

我又回到小酒馆，看见了让，他一个人坐在那里，我摇了摇他的身体。“薇拉在哪儿？”

他往后退了退。“你干吗生气？薇拉走了。前两个晚上我送她回去，但她和我说不必再来了，因为她要和朋友们去度假了。”

我立马就想到了安德烈。

我也想到，但愿薇拉可以在保罗回来之前回来，而且继续工作！

日子一天天过去，我有时候会去小酒馆坐坐，有时候会去保罗家喝两杯，我之后才知道发生了什么。

保罗和凯蒂第二个周六才回来。薇拉不在，她的房间也上了锁。公寓里一直有一股奇怪的味道，凯蒂把窗子打开通风，然后去接在托儿所的女儿。保罗来到我家，我们去小酒馆里找让，聊天中我说起了安德烈。保罗很生气，他回到家中，因为这股奇怪的味道一直没有消散，他强行打开了薇拉的房间，我们发现了薇拉的尸体，已经开始腐烂，直直地躺在床上。

尸检显示薇拉死于服用了过多的安眠药。

我们之中的第一个死者。

不久之后又出现了一个个死者。

罗伯特在他的浴室里割腕自杀。

奥尔贝特用我们的语言留下了“我唾弃你们”的字条后，上吊自杀。

玛格达削好了土豆和胡萝卜之后坐在地上，点燃瓦斯，把头放在了烤箱里。

我们第四次在酒馆进行募捐的时候，那个男服务生对我说：

“你们这些外国人，总是募捐买花圈，总是去参加葬礼。”

我对他说：“我们总是尽可能地自我娱乐。”

晚上，我继续写作。

死鸟

我的脑海中，在一条铺满碎石的道路的尽头，有一只死鸟。

“把我埋了吧，”它对我说，“在我断肢的弯曲处，非难像虫子一般蠕动着。”

我需要泥土。

黝黑而沉重的泥土。

还有铁铲。

我只有两只眼睛。

两只黯淡而悲伤，浸泡在蓝色液体中的眼睛。

这是我在二手市场用一些没有价值的外国货币换来的，除此之外无法换来别的东西了。

我将它们洗净擦干，小心地放在我膝上的手帕中，以免弄丢。

有时候，我会从鸟儿身上扯下一片羽毛，在我唯一拥有的眼睛上画上紫色的血管。有时候我也会把它们全涂成黑色。于是天空布满了乌云，开始下雨。

死鸟不喜欢下雨，它开始腐烂，散发着恶臭。

这时候，因为受不了这个气味，我坐远了一些。

有时候，我也会许下些承诺:

“我回去找些泥土来的。”

但我并不相信我说的话，鸟儿也是，它很了解我。

为什么它会死在这儿？这里全是石块。

一场火或许可以解决问题。

或者一些大的红蚂蚁。

不过，这一切都很贵。

要工作好几个月才能换来一盒火柴。在中餐馆里，蚂蚁的价格也很贵。

我继承来的财产几乎快花光了。

一想到钱快花光了，我就十分焦虑。

一开始，我挥霍无度，和大家一样，但是现在，我要小心用钱了。

我只买一些必需品。

所以泥土、铁铲、蚂蚁和火柴，这些是不可能有的。

另外，仔细想想，我又为什么会认为自己和一只不相关的死鸟的葬礼有关系呢？

我很少去保罗家了，我们之间变得无话可说，这点真让人难过。我们三个人都为没有带上薇拉去度假而感到自责。而我比另外两个人更感到愧疚，在薇拉自杀的时候，我正看着慢慢被晒黑的约兰达。薇拉可能对我也有好感。

凯蒂没有勇气写信给母亲，告诉她她的小女儿已经去世。她们的母亲依然按照薇拉之前的地址给她写信，信件都会被贴上“收者已故”的标签被退回。薇拉的母亲一直追问这些外国字母是什么意思。

我也不怎么去小酒馆了，那儿的人越来越少，那些没死的人也有很多回了国。一些年轻的单身汉去了更远的地方，穿过了大西洋，也有一些人适应了这里，和当地人结了婚，晚上也不去小酒馆坐坐了。

唯一还出现在酒馆里的人就是让，他一直住在难民收容中心，在那儿他也认识了许多来自全球各地的人。

有时候，让会在我家的楼梯口等我。

“我饿了。”

“你在难民收容中心没吃东西吗？”

“吃了，在六点的时候我吃了点麦片，但是现在我又饿了。”

“你一直没找到工作吗？”

“是的，没有。”

“进来坐下吧。”

我在加了层防水布的餐桌上摆了两个盘子，煎了点熏肉和鸡蛋。让问我：“你没有土豆吗？”

“是的，我没有土豆。”

“如果没有土豆，那这餐肯定不好吃。至少有点面包？”

“也没有。我没时间去采购，你知道的，我要工作。”

让吃完了。

“如果你愿意，我可以在你工作的时候替你去采购东西。”

“不需要，我通常都是自己去的，这几年来都是这样。”

让继续说：“我也可以给你重新粉刷下屋子，虽然这并不是我的职业，但我干过几次。”

“这个也没有必要，现在这样就很好。”

“这里太糟糕了。看看你肮脏的厨房，还有厕所和浴室，一点儿都不像样。”

我看了看四周。“是的，是不太像样，但是我没有钱。”

“我免费给你干这些，我只是想吃点东西，或者有点事做，至少证明我不是无所事事，一无是处。你只需要买点油漆，和给我一点儿吃的就行，就像刚才那样。”

“我并不想剥削你。”

“反正我也是在城市里游荡，或者在难民收容中心待着。而你，你家里真的太脏了。”

确实如此，我家里很乱很脏，我甚至不再意识到这件事。这十年以来，这间公寓就和我刚搬来的时候一样，那时候，这里就已经不太干净了。

于是我对让说，可以从厨房开始打扫。

我想的是，之后琳娜来的时候，一切都很干净——厨房、浴室、厕所。

房间也会很舒适，有一间卧室，里面要有满墙的书和供我们两个人睡的大床。另一间现在被我弃用的小房间会变成我的书房，里面要放着书桌、打字机和纸。

我还必须要先去买一个打字机才行，还有纸和墨带。

现在，我还是用铅笔在作业本上写作。

让干活又快又好，我几乎都认不出自己的公寓了。琳娜现在就可以来了，我不会感到难为情了。

我给浴室和厨房添置了一些毛巾和餐布，然后把它们都收到了抽屉里。

我尽我所能给让付了酬劳，他比我还高兴，为他所做的工作，他还希望重新粉刷下两个房间，可这确实没有必要。

让很开心。“这是我第一次可以给我老婆寄点钱，你给我的这些钱。”

“可怜的让啊，这些钱并不多。”

“在我们那儿，这些钱的价值相当于这里的十倍，她可以给孩子们买一些秋天穿的衣服和鞋子，他们要穿着新衣服去学校。”

我问：“那现在呢？你准备做什么？还是不准备去找点儿活儿干吗？”

“我不知道，桑多尔。”

“回家去吧，回家更好些。”

“我可不想，整个村子的人都会嘲笑我的，我和所有人说过我会发财的。如果你愿意帮我，桑多尔，给我介绍些客户，你认识不少人。你看到了啊，我会粉刷，也会做别的事情，比如也可以整理花园，种菜的花园或者供人消遣的那种都可以。只要付我一点钱就可以了，给点钱买些面包就行。如果我可以继续免费住在难民收容中心，我就可以把挣的那些钱都寄给我老婆。”

我有时候会给让找点儿活儿干，但是他几乎一直缠着我。每天晚上他都会来找我，这让我不能继续写作，也影响了我的睡眠。他会给我读他老婆和孩子给他写的信，向我叙说思乡的痛苦和不能与家人生活在一起的悲伤。

他不停地哭泣，而我只有熏肉和土豆可以安慰他。填饱了肚子之后，他会回到难民收容中心睡觉，他早已习惯宿舍里的上下铺，他的资历使他成了那里的头儿。

他终于离开了之后，我开始写作。

他们

下雨了，细密又冰冷的雨水，落在房子上、树上，还有墓地上。当他们来看我的时候，雨水滑过他们模糊的流动的脸庞。他们看着我，寒冷愈发强烈，我的白墙已经不能保护我了。它们从未保护过我，它们只是看着坚固，白色的墙面也越来越脏。

昨天，我感受到了一瞬间从未有过的没有理由的快乐。他穿过雨水和雾气向我走来，微笑着，在树上飘着，在我的面前舞着，包围了我。

我认出了他。

这是很久远之前的一种快乐，那时候这孩子和我是一个人。那时候我就是他，我只有六岁，晚上在院子里盯着月亮发呆。

现在，我累了，每晚来的人让我觉得疲惫。今晚他们会来多少人？一个人，还是一群人？

如果他们有脸就好了，然而他们每个人都模糊不清。他们走进来，站在我面前看着我，然后对我说："你为什么要哭？快点想起来吧"

"想起什么？"

他们笑了起来。

之后，我说："我准备好了。"

我揭开衬衫露出了胸膛，他们举起了悲伤又苍白的手：

“快点想起来吧。”

“我不知道。”

他们放下了悲伤又苍白的手，之后又举了起来。

“快点想起来吧。”

屋子里漂浮着轻飘飘的灰色雾气，它同样飘在生活之上。一个小孩坐在院子里望着月亮发呆。

他六岁了，我很喜欢他。

“我爱你。”我对他说。

孩子严肃地盯着我。

“小男孩，我从很远的地方来，能不能告诉我，你为何要这样望着月亮？”

“不是月亮，”小男孩生气地回答，“我望着的不是月亮，是未来。”

“我就是从未来来的，”我温柔地回应，“那里只有泥泞和死气沉沉的田野。”

“你撒谎，你撒谎，”孩子哭了，“会有钱，有光，有爱情，还有开满鲜花的花园。”

“我就是从未来来的，”我又温柔地说了一遍，“那里只有泥泞和死气沉沉的田野。”

孩子认出了我，开始哭了起来。

这是他最后的几滴热泪，之后就下起了雨，他也被淋湿了。月亮消失了，黑夜和宁静跑来问我：

“你对他做了什么？”

我累了，昨天晚上，我仍然在一边喝啤酒一边写作。句子在我脑子里回荡。我想，写作要把我击垮了。

和往常一样，我坐上公交车之后就将眼睛闭了起来，我们到了第一个村子。

一个送报纸的老女人来这里拿报纸箱，她要在七点前将报纸送到每一户。

一个怀中抱着孩子的年轻女人上了车。

自从我到工厂上班以来，从没有人在这一站上过车。

今天，有一个女人在这站上了车，而且，她叫琳娜。

不是我梦中的那个琳娜，也不是我等着的那个琳娜，是一个真实的琳娜。这个已经毁了我整个童年的人，她发现我穿的都是他哥哥的旧衣服，并将这件事告诉了所有人。她也会给我带一些面包和饼干吃，虽然我并不想接受，但是课间的时候我真的很饿。

琳娜说要帮助可怜的人，她的父母这么对她说。我呢，我就是琳娜选择帮助的那个可怜人。

我走到了车厢的中央以便可以更好地看到她，我已经有十五年没有见过她了，她几乎没有变，一直那么瘦小又脸色苍白，头发颜色比以前深了一些，用皮筋扎起来固定在脑后。她没有化妆，穿着不是很典雅，也不算时尚，不，她可不是个美人。

她望向窗外，眼神瞥了我一眼，可又迅速转向了别处。

她肯定知道是我杀了她的父亲，也是我的父亲，我们的父亲，也许还有我的母亲。

不能让琳娜认出我来，她可能会告发我是个杀人犯，已经过去了十五年，可能诉讼的时效还未过。不过，她究竟知道什么？她知道我们的父亲是一个人吗？她知道他已经死了吗？

刀很长，可是不会那么轻易地就刺穿一个男人的身体的。虽然我用尽了全身的力气，但那时我才十二岁，而且一直营养不良，非常的瘦弱，没什么重量。我没有解剖学的知识，有可能没有刺中任何一个器官。

当汽车到工厂的时候，我们下了车。

一位社会福利管理员接待了她，把她女儿带到了托儿所里。

我走进了车间，启动了机器，它和往常不一样，像要唱出歌来，唱着："琳娜来啦，琳娜在这儿啊。"

屋外，大树跳着舞，风儿哼着歌，云儿追着跑，太阳闪亮亮地挂在天空，一切都像一个美好的春日清晨。

我要等的就是她啊！而我之前却不知道。我以为我要等的是一个不认识的女人，美丽而不真实的女人。现在，一个真的琳娜来了，在分别了十五年之后，我们在一个远离故乡的地方，在另一个村庄，另一个国家里，相遇了。

上午很快就过去了，中午的时候，我去工厂的食堂吃饭，人们排着队，慢慢向前。琳娜就在我的前面，喝着咖啡，吃着大大的圆形面包，她就像我刚来这里的时候一样，不能适应这里的食物。一切对于我来说都索然无味。

琳娜远远地坐在一边，我坐在了她对面的另一张桌子上。我低头吃着饭，不敢抬起眼睛，害怕和她对视。吃完了饭，我站了起来，将托盘收拾好，准备去喝点咖啡。从她桌边走过的时候，我瞥了一眼她正在读的书，那不是我们国家的语言，也不是这儿的语言，我觉得可能是拉丁语。

我也想装着正在读书的样子，可是我没办法集中注意力，我不由地一直看着琳娜。当她抬起眼睛的时候，我总是眼神低垂回避她。有时候，琳娜会长时间地盯着窗外看，我感觉有一样东西在她身上发生了巨大的变化：眼神。我记忆中的琳娜有着一双清澈和快乐的眼睛，而现在的她眼神凄迷、悲伤，和我认识的所有的难民一样。

下午一点，我们要回去继续工作，琳娜工作的车间就在我的上一层。

晚上，当我们从工厂出来，我看见琳娜快速跑去托儿所接孩子回来一起上车，她坐得离司机很近，我就在后面一点。

琳娜在今早她乘车的那站下了车，我也在这站下了车。她去了村子里的小杂货铺，我也是。她用手指了指她想买的东西，牛奶、面粉、果酱。她还不会说这里的语言，或者她成了个哑巴，那个在我小时候喋喋不休的小女孩。

我买了一包烟，继续在街上跟着琳娜。这一次，她绝对注意到了我，但她并没有说什么，她走进了一幢两层楼的房子，就在教堂的旁边。我从底层的窗户向里面看，光线只能够让我看清有一个男人坐在桌子旁，面前堆了些书，其他的地方都在黑暗中。

我发现了一条通往树林的小道，穿过了一座小小的木桥，我一直沿着路向前走，直到来到村子后面的山坡上。我坐在草地上休息了一下，试图找到琳娜的房子，我觉得我找到了，但我并不确定。小河与空地将我和村里的房子隔开了，我只能看到房子背面的窗户里移动的人影，但无法辨认出任何人。

我需要买一个望远镜才能看清是什么东西。

我原路返回琳娜的房子前，那个男的还坐在那里，琳娜也在那里，坐在旁边的一张椅子上，用奶瓶给孩子喂奶。我不知道那是一个男孩还是女孩，但我现在起码知道琳娜有一个丈夫。

我决定乘车回去。等了好久，晚上汽车的班次更少，到家的时候已经快十点了。

让在门口等我，他在台阶上睡着了。

他问我："你去哪儿了？"

我说："怎么了？我欠你钱了？你在这儿做什么？你们能不能别再烦我了，你们所有人。"

让起身，低声对我说："我一直在等你，我需要一个翻译。"

我开了门，走进了厨房，说道："走吧，已经很晚了，我要睡觉了。"

他说："我饿了。"

我对他说："与我无关。"

我把他推到楼梯那里，他继续说："夏娃希望可以下次审判的时候再见到你。她负责外国人还有难民的一些事务，和我们相关的事情都和她有关，她一直在问我关于你的事情。”

我说：“和她说我已经死了。”

“但事实不是这样，桑多尔，你没有死。”

“她会明白的。”

让问：“你怎么变得这么凶，桑多尔？”

“我没有变凶，我只是累了，让我安静一会儿吧。”

我买了望远镜和一辆自行车。因此，我可以不用再等公交车，想去的时候随时都可以去琳娜的村里，白天或者晚上都行，离市区只有六公里的路。

我不再跟踪琳娜，出了工厂，我会直接坐车回市里，而她则在她的那一站下车，不会再看见我。

除了在食堂的时候。

要等更晚一些，晚上的时候，我才会去用望远镜偷看琳娜，但没有什么特别的事情发生。

琳娜哄孩子们在小床上睡下之后，和丈夫一起睡在大床上，然后关上灯。

有时，琳娜会倚在窗前，嘴里叼着烟向我这里望着，但她看不见我，她只能看见树林。

我很想告诉她我在这里，我在这里看着她，在这个陌生的国家里，我一直很关心她。我很想告诉她不必害怕，因为我在这里，她的哥哥，会在任何有危险的时候保护她。

我在哪儿读过，或者听说过，在古老的埃及，最完美的婚姻就是哥哥和妹妹的结合，我也是这么想的。虽然琳娜只是我同父异母的妹妹，但我没有别的妹妹了。

星期六到了，星期六的时候，工厂休息。于是我骑车去了琳娜的村子，观察着这对夫妻，有时在房子前，有时在树林里。我看见琳娜换了衣服，背起包来到公交车站准备去城里。

我骑车跟在车的后面，它停下的时候，我就可以追上去。我们几乎同时达到中心广场，琳娜下了车，进了一家理发店，而我进了一家小酒馆，坐在朝向广场的窗户边，等待着。

两个小时之后，琳娜走过来了，买了各式各样的东西，发型也变了，她现在是短短的卷发，和约兰达一样，或者几乎差不多。我很想告诉她这个发型真的很不适合她。

和预期一样，她又坐上公交车，我骑车跟着她，一直陪她到了家，但因为是上坡，我到得比她晚了些。

那个周六，我忘记去找约兰达了，尽管没有任何有趣的事情发生，我也和琳娜一直待到晚上八点。当我回家的时候，我才发现我忘记买吃的东西了，冰箱里什么也没有。我可以去约兰达家吃饭，可是我更想去我的同胞们都爱去的那家小酒馆吃点东西。

不出意料，我在那里看到了让，他正在喝啤酒，周围围坐着一群难民，说着我听不懂的语言。

让对他们说："这是我最好的朋友。坐下吧，桑多尔，这些都是我的朋友。"

我和其他人握了手，然后问让："你们怎么交流的？"

让笑了起来："这很简单，我们通过手势交流。"

他向服务生比了八个手指："啤酒！"

他朝我靠过来，说："你会付钱的，对吗？八杯啤酒。"

"是的，当然，还有八份配着土豆的香肠。"

服务生端来了食物，我把钱包放在桌上的时候朋友们鼓起了掌，他们狼吞虎咽地吃了起来，又点了些啤酒。

就在这个时候，约兰达出现在我的面前。我在一团迷雾中看见了她，我喝了很多酒，香烟也在空气中弥漫。

我对约兰达说："坐下吧。"

"不，跟我回去吧，我弄好了晚饭。"

"我吃过了，坐下也吃根香肠吧，我们都是朋友。"

她说："你喝醉了，要我送你回去吗？"

"不，约兰达，我还想在这里喝点酒。"

她说："自从你认识你的这些同胞，你就和以前不一样了。"

"对，约兰达，我和以前不一样了，我也不知道我还会不会回到以前那样。为了知道这个，我们也许该停止见面一段时间。"

"多长时间？"

"我不知道，几个星期或者几个月。"

"很好，那我等着。"

现在最主要的问题是：应该怎么去认识琳娜？

奇怪的是，她的车间主任或者社会福利管理员从来没有找过我为他们做翻译，工厂的工作确实很单调，对一个聋哑人也可以解释得清楚。

这是第二次我觉得琳娜可能哑了。她很少说话，或者说，她从不对任何人说话。

我只能在餐厅的时候试图和她搭话。

一般来说，我总是能很轻易地和女人搭上话，但是，对于琳娜，我有些害怕。我无比害怕被拒绝。

这一天，我下定了决心。当端着咖啡走过她桌前时，我停了下来，用母语问她："您还需要一杯咖啡吗？"

她对我微笑："不，谢谢，但请坐。我不知道您是我的同胞，这也是为什么您会跟踪我，是吗？"

"是的，正是如此。那些从我故乡来的人，我对他们都感兴趣，也愿意帮助他们。"

"我想我不需要您的帮助。您是谁？"

"一个资深的难民。我在这儿住了十五年了，我叫桑多尔·莱斯特。"

"我喜欢桑多尔这个名字，我父亲也叫桑多尔。"

"您父亲多大年龄了？"

"这有什么重要？他快要六十岁了，您为什么对他感兴趣？"

我回答："我的父母在战争中去世了，所以我有点好奇您的父母是否还健在。"

"是的，他们两个人都活得很好，我为您感到悲伤，桑多尔，为您的父母。我叫卡洛琳娜，但我不喜欢这个名字，我丈夫叫我卡洛尔。"

"我想叫您琳娜。"

她笑了起来："我小时候，大家都叫我琳娜！"

然后她问我："您在这儿过得如何？"

“都习惯了。”

“我无法习惯这里，永远都无法习惯。”

“但是，必须要适应的。您是一个难民，自愿来到这里，不能再回去了。”

“不，我不是难民。我丈夫受聘来这里工作，他是个物理学家，我们会在这儿待上一年，然后就会回国。我会继续完成我的学业，然后教授拉丁语和希腊语。眼下，目前这一年，我会在工厂里工作，因为我丈夫的工作没办法支撑我们全部的日常开销。我其实可以不用来这里，但我丈夫不希望和孩子两地分居，也不想和我离那么远。”

我陪琳娜一直走到她车间里：

“别害怕，一年过得很快，我在这儿已经工作了十年。”

“这真可怕，我受不了。”

“没人可以受得了，但是也没人因此而死掉，有一些人疯了，但这很少发生。”

晚上，我在公交车站等琳娜，她抱着孩子来了。我问她这是男孩还是女孩。

“这是我的小女儿，五个月，她叫维奥莉特。我请求您，别再跟着我了。”

第二天，食堂里，我端着餐盘走到琳娜的桌子旁，然后坐在了她的对面。

“我不会再在街上跟着您了，但也许我们可以一起吃饭。”

“每天吗？”

“为什么不？我们是同胞啊，没人会觉得这很奇怪。”

“我的丈夫嫉妒心很强。”

“他什么都不会知道的，和我说说他吧。”

“他叫科洛曼，做科学研究的，每天早上会去市里，然后很晚回家，在家里他也常常需要工作。”

“那您呢？您在这里不无聊吗？您不出门，也没有朋友。”

“您怎么知道的？”

我笑了：“我一直在跟踪您，已经有好几个礼拜了。”

“晚上也是吗？当我在家的时候？”

“是的，透过窗户。我买了望远镜。请您原谅我。”

琳娜脸红了，然后快速地说道：“做家务和带孩子就已经够让我忙的了，我还要经常去采购东西和来工厂上班。”

“您丈夫不帮您吗？”

“他没有时间。周六下午，当我去城里买东西的时候，他会照看下女儿，在乡下不是什么东西都可以买到的。”

我打断她。

“乡下都没有可以理发的地方，很遗憾，您对您的头发做了什么，这个发型完全不适合您。”

她生气了：“这和您有什么关系。”

“您说得对，请原谅我，您继续说。”

“继续什么？”

“您的丈夫每周六下午会照顾小孩……”

“照顾小孩，这么说算是好听的了。他把女儿带到书房，然后在一旁继续工作，如果她哭得厉害，就给她喝一些我事先备好的茶水，仅此而已。他不会给她换尿布，也不会哄她，他就让她在那里哭，假装这样是对婴儿比较好。”

琳娜低下了头，眼中闪烁着泪水，片刻的沉默之后，我说：“现在对您来说挺困难的。”

她摇了摇头。“不会持续很长时间的，夏天一来，我们就回去。”

“不！”我不由自主地叫了出来。

琳娜吃惊地说：“怎么了？有什么不对吗？”

“对不起，当然，你们会回去的，只是我会因为您的离去而难过。”

“为什么？”

“这是一个很长的故事，您长得很像我十五年前认识的一个小姑娘。”

琳娜笑了：“我明白，我也是，以前我也喜欢上了一个和我差不多大的小男孩，可是有一天，他消失了，他和他母亲一起去了城里，再也没有回来过。”

“那个男孩和母亲都没有再回来过吗？”

“是的，都没有。此外，我还记得那个母亲生活得多么凄惨，我还记得他们走的那一天，因为我父亲当晚回来的时候被人刺伤了，在墓地旁，有一个流浪汉拿匕首捅了他之后抢了他的钱包，他勉强走回了家，我母亲清理了他的伤口，救了他。”

“您再也没见过托比亚斯吗？”

琳娜看着我的眼睛。“我没有和您说过那个男孩子叫托比亚斯。”

我们互相盯着对方，然后我先开口：“你看，琳娜，我立马就认出了你。你第一天坐上公交车的时候我就认出了你。”

琳娜的脸色变得比往常更加苍白，她低声说道：“托比亚斯，是你吗？为什么你改了名字？”

“因为我想换一种生活，而且原来的名字有点让人发笑。”

第二天上午，琳娜又上了公交车，坐到了车尾，我的身旁。车厢里几乎没有人，车尾只有我们俩，也没人看我们，没人对我们感兴趣。

琳娜对我说：“我向我丈夫说起了您……说起了你，向科洛曼。他很高兴我在工厂的时候不再是一个人。我向他撒了点谎，我没有向他提起你的母亲，我说你是我远房的亲戚，在战争的时候成了孤儿。他希望认识你，想请你来家里做客。”

我说：“不，不是现在，还需要等一段时间。”

“等什么？”

“等我们重新认识了，我们俩。”

中午的时候，我们一起吃饭，每天中午都在一起吃饭。早上，我们一起坐公交车到工厂，每天早上，晚上也是，一起回去。

周末的时候，因为不用工作而见不到琳娜，我感到苦闷。我向她请求可以在周六她来城里买东西的时候陪着她。我在中心广场等她，跟她一起去商店，替她拿袋子，然后我们会去难民们常去的小酒馆里喝杯咖啡，之后琳娜坐车回去，回到村子里，她丈夫和孩子那里。我不再跟着她。

我已经受够了看着她每天晚上躺在她丈夫旁边了。

现在就只有周日见不到她，我对琳娜说我会在每个周日下午三点的时候，在树林入口处的小木桥那里等她，如果她愿意带着她孩子一起来散个步，我会在那里等她。

我每个周日都会去，她每个周日也会来。

我们和她的女儿一起散步，因为是冬天，有时，她会用一个小雪橇拉着她女儿。我们一起爬到一个小山坡上，然后琳娜和维奥莉特坐着雪橇滑下来，我会步行下去找她们。

因此，没有哪一天我是见不到琳娜的。她成了我必不可少的一部分。

去工厂工作成了一件愉快的事情，每天早上闹钟响起是一种幸福。公交车围绕着地球转动，中心广场是宇宙的中心。

琳娜不知道我曾经试图杀过她的父亲。她不知道我们的父亲是同一个人，所以我可以向她求婚。这里没人知道我们是亲兄妹，琳娜自己也不知道，没有任何阻碍。

我们不会要小孩的，没有这个必要，琳娜已经有一个小孩了，而我不喜欢小孩。此外，科洛曼回国的时候完全可以把他的小孩带走，回到她的爷爷奶奶那里，回到她的国家，那里有她需要的一切。

我呢，我只希望在这里和琳娜一起生活，在我家里，我的公寓现在很干净。

我将另外的房间清理了一下，不再准备用作书房，而是改成了一个婴儿房，以免琳娜突然说要住过来。

中午吃过饭，我和琳娜有时候也会下会儿棋，琳娜总是输，当我第五次赢了的时候，琳娜对我说:“你总该在某些方面是厉害的。”

“什么意思？”

她生气了，然后说:“在学校的时候，我们是一个年级，后来我们的人生道路不一样了，我成了外语老师，而你只是一名普通的工人。”

我说:“我还写作，我已经写了一本书和一本日记了。”

“可怜的桑多尔，你甚至不知道什么是一本书吧，你用什么语言写的？”

“这里的语言，你没办法读懂我写的是什么。”

她说:“用母语写作已经很难了，何况是另一门语言？”

我说:“我正在努力，就是这样。写不写得成，对我来说都一样。”

“真的吗？一直当工人，对你来说无所谓吗？”

“和你一起的话……不，这并不是无所谓的事情，没有你，一切对我都是漠然的。”

“你让我感到害怕，托比亚斯。”

“你也是，你让我害怕，琳娜。”

有时候，我会在周六晚上去找约兰达，我已经受够了继续看着琳娜和她丈夫睡在一张床上，现在我更加受够了小酒馆。

约兰达一边做饭一边唱歌，她为我倒了杯加冰的威士忌，我看着报纸，然后我们彼此沉默地面对面吃饭，我们之间没什么值得交流的。饭后，如果我可以的话，我们会做爱，但次数越来越少，我只想快点回去继续写作。

我不再用这里的语言写一些奇怪的故事了，我开始用母语创作诗歌。当然，这些诗歌是专门为琳娜创作的，但是我不敢给她看，我并不确定单词都拼写正确了，而且我害怕她会嘲笑我。至于诗歌的内容，她现在知道还为时过早，如果她看到的话，会不再和我一起吃午饭，周日也不会继续和我一起散步了。

十二月的一个周六，约兰达和我说："圣诞节的时候，我会去看我的父母，你可以过来和我们一起吃饭，他们想认识你很久了。"

"可以，我可能会去。"

巧的是，周一上午，琳娜对我说她的丈夫邀请我圣诞节的时候去他们家做客。

"和你女朋友一起来吧。"

我摇了摇头："如果我有女朋友，我不会在周六和周日的下午和你在一起。我会带上另一个伙伴。"

我对约兰达说，我和让受邀去同胞家聚餐。是的，我准备带着让一起去，一个物理学家和一个愚蠢的农民在一起吃饭会闹出什么笑话啊！

然而我错了。

科洛曼热情地接待了我们，并安排让在厨房坐下，然后给他了一瓶啤酒。

我从外部观察过很多次的这幢房子，终于可以进来一探究竟了。一个房间朝着大街，一个房间朝着树林和花园，两个房间中间是厨房，没有浴室，也没有集中供暖，房间烧炭取暖，厨房烧木头。

我想琳娜在我家会比在这儿舒服。

琳娜正在前面的房间里准备晚餐，科洛曼通常也在那里工作，他把桌子清理出来，书都收拾好了。

圣诞树也装饰好了，礼物就在树下，小女孩在一旁玩耍。

科洛曼点燃了蜡烛。小女孩收到了礼物，当然她并不在乎收到了什么，因为她才六个月。我送了她一个毛绒猫咪，让则带来了一个自制的木陀螺。

琳娜给小婴儿递去了奶瓶。“我们等她睡了再开始吃饭吧，这样安静一点。”

科洛曼开了一瓶白葡萄酒，给每个人倒了一杯之后，他举起酒杯，说:“大家圣诞快乐！”

我想，我从来没有过圣诞树。让或许也在想同样的事。

琳娜哄孩子在后面的房间里睡着之后，我们开始吃饭，配着米饭和蔬菜的鸭肉，味道很好。

饭后，我们交换了礼物。让收到了一组带开瓶器的多用刀具，非常开心。而我收到了一支羽毛笔，如何理解琳娜送礼的用意？我还是往坏的方面想，将它视为一种嘲笑。

科洛曼转向我说:“琳娜和我说您在写作。”

我看着琳娜，脸非常红，应该整张脸都是通红的，愚蠢地回答说:“是的，但我只用铅笔写。”

为了转换话题，我立马把我和让一起准备的礼物给了琳娜，开酒器、长颈瓶，还有酒杯。当然，都是我付的钱。

琳娜开始收拾桌子，我帮她一起。水烧开了之后，琳娜把碗洗了，我帮着她把碗擦干。我们在厨房的时候，听到从房间传来一阵阵笑声，科洛曼和让正在讲着笑话。

我进了房间。“让，该走了，最后一班车十分钟之后就来了。”

在科洛曼的面前，我亲吻了琳娜的面颊。“谢谢你，我的表妹，今晚非常愉快。”

让吻了琳娜的手。“谢谢，谢谢你们，再见，科洛曼。”

科洛曼说：“再见，我很开心。”

在圣诞和新年之间，工厂会放假一周，不能一起上下班，也不能一起吃午饭。我在放假前对琳娜说：“我每天下午三点，都会在桥那里等你。”

天气不冷的时候，我会骑车去，下雪的时候，我会坐车去。我会在桥上等几个小时，然后回去，继续写诗。

不幸的是，科洛曼应该也有假期，因为他会陪着琳娜和孩子在树林里散步。于是我会躲在一棵树后面，等看不见他们的时候，我才会离开。琳娜肯定会认出我的自行车。

假期中没有一天琳娜不来，我一次都没和她说上话。

科洛曼在圣诞那晚发觉了什么吗?

比起放假，我现在更喜欢去上班。我感到很烦躁，我去找约兰达，可是她不在，她还在她父母那里，他们住得不远，可我不知道具体的地址。

难民们的小酒馆也关门了。

有一天晚上，我来到了保罗家门口，凯蒂开了门。

“晚上好，桑多尔，您需要些什么？”

“并不需要什么。我只是想和保罗还有您说说话。”

“保罗不在这儿，他走了，消失了。也许他是回国了，我不知道。薇拉死后的几个月，我在厨房的桌子上看到了一封信，他和我说他喜欢薇拉，他爱薇拉，并且永远后悔那时候和我一起度了假。他说薇拉也爱他，就是因为这个原因她才自杀的，我们两个去度假，而让她自己一个人。”

我只能小声说道：“我很抱歉，那保罗走了之后，您过得如何？”

“很好，我继续在医院工作，现在和一个本地人一起生活，不用再担心他会爱上我的妹妹了，因为她已经死了。”

凯蒂猛地关上了门，我怔住了，在门口待了几分钟，那时候我以为薇拉是喜欢我的，我搞错了，她喜欢的是她的姐夫保罗，她姐姐的丈夫。从另一方面想，我感到释然：薇拉那时并不期待我会为她做什么。

十二月三十一日，我来到了难民收容中心，带了好几公斤的食物，走进了大厅。各种肤色的人正在装饰着大厅，准备着晚餐，摆弄着餐巾纸、塑料水杯和餐具，到处都有圣诞树的树枝。

我一进来，人群骚动起来，然后围向我开始叫喊：“让！让！你的朋友！”

让把我带到荣誉广场，厨房的旁边。

“你能来真是太好了，桑多尔！”

于是我和一群来自世界各地的人一起过了节。音乐、舞蹈、唱歌。难民得到允许，可以一直大吃大喝到早上五点。

十一点的时候，我就走了。我骑车来到琳娜的村里，我坐在树林边，琳娜家里一片漆黑。

不久，教堂的钟声敲响十二点，午夜了。新的一年开始了，我坐在结了霜的草堆上，将头埋在臂弯里，我哭了。

假期终于结束了，琳娜又属于我了，几乎每天都可以和我在一起了。即使在工作的时候，我们之间仅相隔一层，我随时都可以去找她。

第一天上班的早上，琳娜在车上对我说："对不起，桑多尔，我没办法一个人出门。科洛曼整天都在家工作，每当我想和维奥莉特一起出去的时候，他便说他也想呼吸一下新鲜空气。"

"我知道，琳娜，我看见你们了，这没什么，幸运的是，现在一切都结束了。一切都和以往一样了。"

琳娜对我说了让我无比开心的事情。"我想你，我在家非常无聊。科洛曼不会和我说话，他只会扎进自己的书堆里。当我们一起散步的时候，他也几乎不讲话。所以我很想你，看到你的自行车的时候，我很难过。你呢，这些天你干了什么？"

"我一直在等你。"

琳娜低着头，脸红了起来。

吃午饭的时候，她对我说："你还没对我说你的母亲现在在哪儿呢？你们一起走的，不是吗？"

"不，我比她先走的，我不知道她后来过得如何。"

"有人在城里见过她，在大街上。请原谅我，托比亚斯，但我觉得你母亲继续过着和在村里没什么区别的生活。”

“她没有选择。那段时光我想忘记它，琳娜，这里的人，没有人知道我从哪里来，经历了什么。”

“可怜的托比亚斯，真的很抱歉，你甚至不知道你的父亲是谁。”

“你错了，琳娜，我很清楚，可这是一个秘密。”

“对我也是秘密吗？”

“是的，对你也是，尤其是对你。”

“也许是因为我认识他？”

“是的，也许你认识他。”

琳娜耸耸肩。“你知道，我不在乎你父亲是哪一个农民，我现在甚至一个名字都记不起来了。”

“我也是，琳娜，我也不记得他们的名字了。”

琳娜和我，我们又像以前一样，一起散步和吃饭，聊我们的过去。琳娜和我说：“你走的那一年，我们结束了义务教育。秋天，我被送到了城里，我母亲的一个姐姐家里，我哥哥之前就来城里了，他在一所免费的寄宿学校上学。我们每周日会在姑姑家见面。我的父母也经常来看我们，每次他们都会带来村子里的一些吃的，因为战后一切都很匮乏。两年之后，我的弟弟也来了这所寄宿学校，我父亲曾经提议把你也带来这儿。之后，我们三个去首都的大学继续学习，我的哥哥成了律师，弟弟成了医生，你也许也能成为什么人的，你也是，如果你听我父亲的话。但你选择了逃走，然后在这里平淡地生活着，成了工人，为什么？”

我回答:“因为自由地什么都不做,我们才能成为一个作家。此外,事情原本就该是这样发展的。”

“你是认真的吗?桑多尔,什么都不做的人才能成为作家?”

“我觉得是的。”

“我觉得想要成为一个作家,必须要有深厚的文化底蕴,要看过很多书,写过很多文章。我们不可能一夜之间就成为作家。”

我说:“我没有深厚的文化底蕴,但我看过很多书,也写过很多文章。想要成为一个作家,我们只需要一直写作。当然,有时候可能没得写,有时候有一些值得写的东西,可又不知道如何去写。”

“那么最后,你写出来的东西会剩下什么呢?”

“最后,什么都不剩,或者,几乎什么都不剩,一两页纸的文章,末尾签上我的名字。很少,因为我会把我写的东西几乎全部烧掉,我写得还不够好。之后,我会写一本书,不会烧掉它,在末尾签上托比亚斯·霍瓦特的名字,所有人都会认为这是我的笔名,可这才是我真正的名字,你是唯一知道这件事的人,琳娜,不是吗?”

她说:“我也是,我也想写作,等我回国,等维奥莉特上小学之后,我会开始写作。”

“你要写什么?”

“我不知道,可能是一个伟大却又不现实的爱情故事。”

“为什么不现实?”

琳娜笑了。“我不知道,我还没开始写。”

“你的书肯定很虚假。”

“你怎么知道？”

“因为，你并非知道一切，你永远也不可能写下我们的故事。”

“我们有故事？”

“是的，琳娜，我们有一个故事。”

“爱情故事？”

“这应该由你决定，琳娜，除非你还有另一个不现实的爱情故事。”

琳娜笑着说：“不，我没有，但是我可以创造一个。”

“没什么值得创造的，我爱你，琳娜，你也是，你也爱过我。”

我们不再说话，维奥莉特在小推车里睡着了。已经春天了，雪开始融化，我们走在泥地里。

琳娜看着她睡着的小女儿。“是的，桑多尔，我也爱你，可是我有丈夫了，也有她。”

“如果没有他们，你会全心全意地爱我吗？你会嫁给我吗？”

“不，托比亚斯，我不会成为一个工人的妻子，也不想继续在工厂工作。”

我问她：“如果未来我成了一个著名的作家，我去找你，你会嫁给我吗？”

她说：“不，托比亚斯，我不认为你能成为一个著名作家，还有，我不会嫁给埃丝特的儿子，村子里和你母亲在一起的那些吉卜赛人和茨冈人都是小偷与骗子。我出生在受人尊敬的家庭里，受过良好的教育。”

“我知道，埃丝特，一个妓女母亲，和不知道是谁的父亲，我也只是个工人，即使我成了一个大作家，这也无济于事，没有文化，没有受过教育，一个妓女的儿子。”

“是的，事实就是这样。我爱你，但是这只是一场梦，我感到惭愧，桑多尔，我和我丈夫在一起的时候不自在，和你在一起的时候也不自在，我想我欺骗了你们两个人。”

“是的，你确实就是这样做的，琳娜，你同时欺骗着我们两个人。”

我想把一切都告诉她，就像她伤害我一样地伤害她，至少告诉我们的父亲是同一个人，我也是来自一个受人尊敬、受过教育的家庭里的，但是我不能，我不能伤害她，我不想失去她。

琳娜的丈夫因为参加讲座所以会有两个晚上不在家。

我对琳娜说:“我们可以晚上见面。”

她犹豫。“我不希望你来家里，我也不能去你家，太远了，我不能把孩子一个人丢在家里太长时间。在桥上等我吧，等维奥莉特睡着了，我可以出去片刻，大概九点的时候。”

我八点钟就到了，我把自行车靠在桥的护栏上，坐在那里等着，和以往的夜晚一样，我可以等几个小时，几天都可以，因为我没有别的事可做。

通过望远镜，我可以看到琳娜，她走进后面的房间，放下了她女儿，关了灯。她打开窗，靠在那里，吸着烟。她看不见我，但她知道我在这里，她在等女儿睡着。

教堂的钟声敲响了九点。下雨了。

不久之后，琳娜来找我，她用一条头巾盖住短发，这打扮就像家乡的女人一样，只有我的母亲不会戴头巾或帽子。她的头发很好看，即使在雨里。

琳娜扑向我的怀里，我亲吻她的脸颊、额头、眼睛、脖颈，还有嘴唇。我的吻被雨水和泪水打湿，我感受到了琳娜的眼泪，因为它们比雨水要咸。

“你为什么哭了？”

“我不应该那么对你说的，桑多尔，我说因为你的母亲，我不会嫁给你，可是这并不是你的错！你无法选择。你本可以生气，然后决定不再来见我的。”

“我这么想过，琳娜，但是我没有勇气这么做，我太爱你了，如果我决定不再见你的话，我会因此而死去，我无法对你生气，即使你伤害了我。我知道你瞧不起我，但我爱你，可以忍受你的一切。我唯一不能接受的，就是你会和科洛曼回国。”

“可我几个月之后就会这么做的。”

“我无法活下去了，琳娜。”

她抚摸着我的头发。

“你当然可以，桑多尔，再说，你也可以回去，回国，然后我们可以继续见面。”

“偷偷摸摸地？背着你丈夫？”

“没有别的办法了，如果你爱我，和我们一起回去吧，和我在一起吧，没什么可以阻拦你。”

“哦！不，很多事情会阻拦我。”

我紧紧地抱着她，我亲吻着她的嘴唇，很久，很久，直到月光照亮了我们，直到雷声惊动了我们，我感到浑身燥热，抱着琳娜射了精。

雨水

昨天，我睡了很长时间，我以为我死了。我看了看我的坟墓，杂草丛生，早就没有人来了。

一个老女人在坟墓间走着，我问她为何没人给我扫墓。

“这是一座很古老的坟墓，”她对我说，“看看日期，没人知道是谁被埋在了这里。”

我看了看，日期正是今年，我知道这就是回答。

当我醒来的时候，天已经黑了，我躺在床上看着天空和星星，空气清新。

我向前走，除了向前走和雨水，还有淤泥，其他一无所有。我的头发、衣服都被淋湿了，我没穿鞋，光着脚向前走。我的脚是白净的，那白色在淤泥里十分显眼。云朵是灰色的，太阳还没升起，天非常冷，雨水也很冷，淤泥也很冷。

我向前走着，遇到了别的步行的人，他们都朝一个方向走，看上去轻飘飘的，好像没什么重量。没有根的双脚不会受伤，这是一条远离故土的人才会踏上的道路，这条路不会通向任何地方。这是一条笔直宽阔又没有尽头的道路，它穿过山岭和城市、花园和钟楼，不在身后留下任何痕迹。当我们回头的时候，它就消失了，只有向前的道路，到处是广阔泥泞的田野。

时间是残缺的，哪里可以找到童年的广阔回忆，藏在黑暗中的被隐去的阳光，空中倾斜的道路？四季失去了它的意义，明日、昨日，这些词代表了什么？只有今日。有时下雪，有时下雨，然后出了太阳，又开始刮风。全在此刻，过去不曾，将来也不会。此刻，永远，一次性发生。因为这些事活在我身上，而非时间里。在我身上，一切都是现在。

昨日，我去湖边走了走，湖水很黑，很阴暗。每晚，浪涛都会带走一些被遗忘的日子，它们向地平线那里奔腾而去，仿佛是奔向大海，可是大海离这儿很远，哪儿都离得很远。

我觉得我快痊愈了，某样东西将会在我身上或空间里的某处碎裂。我向陌生的山岗走去，地上只有粮食，无法忍受的等待和无法解释的寂静。

我在雨中骑车回家，我很幸福，我知道琳娜是爱我的，她让我在她和科洛曼回国的时候跟他们一起回去。

但我并不想。

回我的祖国，为什么？

再次成为一个工人吗？工厂里不会有琳娜，食堂里也不会有。

她会是大学里的老师。

她不会再理会我的。

她应该留在这里，她必须留下来，是否和她丈夫与孩子一起我无所谓。我不希望她离开，我知道她爱我，所以她必须要留下来。

琳娜会和我一起留下来，不管有没有她的丈夫和孩子，这点不重要。我和琳娜会一起生活。

我们会在工厂再工作一段时间，然后我会出版图书，诗歌、小说等等，然后变成有钱人。我们就不用再继续工作了，可以在乡下买个房子，一个上了年纪的和蔼的女人会为我们做饭、做家务，我们在一起写作、绘画。

就这样一天接着一天。

我们不用去赶什么，也不必再等待什么。每天早上自然醒，晚上累了就睡觉。

但是，琳娜不同意。

她肯定只想回去。我不知道为什么，这个地球上有这么多别的国家！

如果我也回去的话，我会不自觉地在所有城市的妓女里寻找我的母亲。

昨晚和她见面之后，我很害怕琳娜会再说什么，她是那么不可预测，我不知道该如何应对。

第二天早晨，她又坐上了公交车，坐在我的身旁，和往常一样。左手抱着她的女儿，右手握住了我的手，我没有说话，我们就这样到了工厂。

天气很好，中午吃过饭，我们在公园散步，坐在一张长椅上，周围没有人，我们也没说话。在我们的面前，是工厂巨大的车间，更远一些，是只能在旅游画册上看到的美好风景。

我牵着琳娜的手，她没有拒绝我，轻声地，我用母语向她念了首我为她写的诗。

“这是谁写的？”

“是我。”

“你可能真的有这种才华，桑多尔。”

要回去工作了，我们的手分开了。我想，如果不能牵她手的话，那我便不能继续活下去。

要怎么办才可以继续牵起她的手呢？

有天晚上，我在信箱里收到了夏娃的书信：

我们找到了另一个翻译，所以你对我们来说不是唯一的那一个了。但我仍希望可以在家里再见你一面，你知道地址。你绿色的眼睛让我着迷……剩下的部分也是。我周三和周六晚上八点以后都在家，和你的记忆总是很难忘。

夏娃

我没有答复她，总之，我现在不能和她做爱，也不能和约兰达做爱，我不能，再也不能。

“你吃得不多，桑多尔，不喜欢我做的菜吗？”

“你做得很棒，约兰达。”

“那你不舒服是吗？你看着像一只瘦弱的猫咪，你的同胞们让你完全病了。”

“别管这些，约兰达。”

我躺在沙发上听着音乐睡着了，午夜的时候，约兰达把我叫了起来：“我送你回去，桑多尔，或者你想睡在这儿？”

“谢谢你，约兰达，我想我还是回家睡吧，但不必麻烦你，我自己走回去。”

我回到家，看见让正睡在厨房的地上，我以为他喝醉了，把他摇醒，他睁开了眼。“我没死吗？”

“你为什么会死？”

“我开了煤气啊。”

“煤气已经停了一个星期了，我没再继续付钱，电也是，很快就会断电了，我花了很多钱在买毛巾、自行车、手电筒，还有望远镜上面……你怎么进来的？”

“门没锁。”

“我可能忘记锁了，这不重要，家里没什么值得偷的，你为什么想死？”

“我收到了一封信，一封匿名信，信里说我不能回家了，因为我的老婆找了另一个男人，而我向她寄钱正好成全了他俩。她已经怀了那个男人的孩子了，我能做什么呢？”

“要么你回去找你的老婆，要么你就好好待在这里然后别再想这些。”

“但我爱我老婆！我爱我的孩子们！”

“那就继续给他们寄钱。”

“明知道给另一个男人用吗？如果你是我，你会怎么做？”

“我不知道，我连我自己的事都不知道该怎么做。”

“但你是个聪明人，可我呢，我能问问谁该怎么办呢？”

“一个牧师，或许。”

“我试过了，可是他们太崇高了。他们叫我们学会隐忍，然后祈祷，不要失去信心。你有什么吃的吗？”

“没有，什么都没有，我在约兰达那里吃了晚饭，来吧，我们出去吧。”

我们去了常去的一家小酒馆，几乎没什么人，我只剩下一点儿钱了，给让点了一份土豆沙拉。

当他吃完，他问我：“我应该回去难民收容中心吗？”

“当然，要不然你能睡哪里？”

“你家里，那个小房间，放杂物的。”

“没有放杂物的房间了，我已经把它变成婴儿房了，等着琳娜过来住。”

“琳娜要来和你住？”

“是的，不久之后。”

“你确定吗？”

“是的，但这和你没关系，你今晚可以在小房间的地毯上睡一晚，但就今晚，以后不可以了。”

公交车在第一个村子停下，和往常一样，有一个老人在那里取了打包好的报纸。琳娜上车坐在了我的旁边，她握住了我的手，这几个星期以来她都是这样。今天，第一次，她把头靠在了我的肩膀上。我们又没有说话，直到工厂那一站。车子已经停下了，可是琳娜没有反应，我以为她睡着了，便摇了摇她，但她从座位上跌了下来，我抱住孩子，然后大喊：“快叫救护车！”

我们把琳娜暂时送到了社会福利管理员那里，然后给医院打了电话，托儿所的一个女人会暂时照顾孩子。

我和琳娜一起上了救护车，别人问我：“您是她丈夫吗？”

“是的。”

我握住琳娜的手，想给她一点热量，在去医院的路上，她醒了。

“发生了什么，桑多尔？”

“不是很严重的事情，琳娜，你晕倒了。”

“维奥莉特呢？”

“她在托儿所，你不要担心。”

她又问:“那我怎么了? 我没有感到不舒服，我身体很好。”

“不是什么严重的毛病，肯定就是一点小毛病。”

我们到了医院，别人和我说:“您可以回去了，我们会给您打电话的。”

“我没有电话，我在这里等。”

别人给我指了一个门。“请到那个房间里面等吧。”

这是一个小的等待室，只有一个年轻的男人在里面，看着很紧张。

“我不想看到这些，他们逼我看生产的过程，看看我妻子是多么痛苦，可是我不想看，如果我看到她生产的时候，我不会想再和她做爱。”

“您说得很对，别去看了。”

不久，有人叫他:“来吧，开始了。”

“不！”

他逃走了，我从窗子里看到他跑着穿过了公园。

我又等了差不多两个小时，一个年轻的医生笑着通知我:“您可以放心地回去了，您的妻子不是病了，她怀孕了，就是这样。她大概明天就可以回去了，下午两点来接她吧。”

昨天，从医院出来后，我没有回去工作，我在城里的路上走着。十一点时，我坐在了大学对面的公园里。

接近中午十二点，我看到科洛曼和一个年轻的金发女郎从大楼里走了出来。他们走进公园里，我跟着他们，他们坐在了咖啡馆的露天座上，天气很热，已经春天了，他们点了吃的东西，笑得很大声。

看到科洛曼和一个年轻的女孩在一起，我感到很嫉妒，他没有资格在琳娜工作的时候欺骗她，他没有资格在和别的女孩子纠缠过后带着琳娜回国。

我还想到了每天早上牵住我手的琳娜，然而前一天晚上，她会和她丈夫做爱，否则，她怎么可能又怀孕呢？

我站起身，走到科洛曼的桌子前。“可以说几句话吗？”

他起身，面露不悦。“您找我什么事，桑多尔？”

“琳娜在医院，她今天早上在公交车上晕倒了。”

“晕倒了？”

“是的，我陪她去了医院，她在那里等您。”

“那孩子呢？”

“工厂托儿所的人正在照顾她，直到您的妻子去接她。”

“谢谢，桑多尔，我马上就去医院，等我的课结束之后。”

他并不着急，不慌不忙地吃过午饭，和那个年轻的姑娘一起回了学校。

我又回到了医院里，跑到琳娜的病床边。

“您的丈夫上完课马上就过来。”

“你怎么对我说‘您’，桑多尔？”

“我很冷，琳娜，很冷很冷，我正在失去你，你怀上了科洛曼的第二个孩子。”

第二天，我必须坐上公交车再回去工作。

晚上，我从琳娜的房前经过，想看看她是否从医院回来了，可是屋里没有一点儿灯光。

三天之后，琳娜还是没有回来。我不敢去医院，我不敢去看琳娜，我不是她丈夫，我对她来说只是一个陌生人，和她没有任何的关系，除了我爱她，除了我是她的哥哥，而这一点，只有我自己知道。

第四天，我给医院打了电话，医院说琳娜还在这里，下周日才能出院。

周六下午，我买了一束花，想把它放在接待处给琳娜，可我又想到了她的丈夫科洛曼，就把花给了街上的一个陌生女人。

周日，我在医院前面公园的树后躲了一天。下午四点的时候，社会福利管理员的小汽车停在了入口处。不久之后，琳娜从医院里出来，坐在他的旁边。

科洛曼没有来医院接他的妻子。

晚上，从窗户里可以看到，科洛曼仍坐在前面的房间里，而琳娜在另一个房间里照顾小孩。

周一早上，琳娜上了车，她比之前更瘦更苍白了。她在我身旁哭了起来。紧紧抓着我的手，我的胳膊。

“桑多尔，桑多尔。”

我问：“你怎么在医院里待了那么长时间？”

我勉强听清了她的耳语。“我流产了，桑多尔。”

我没有说话，我不知道说什么，我不知道是高兴还是悲伤，我用力地抱紧了她。

她说:“因为你，就是因为你，科洛曼以为那是我们的孩子，你和我的孩子，但是，我们从来没有做过爱。”

“对，琳娜，从来没有，你想留下这个孩子？”

“桑多尔，你根本不知道这个孩子被打掉的时候，我是多么痛苦。这可能是一个小男孩，科洛曼强迫我打掉他，我的丈夫，我不爱他了，桑多尔，我讨厌他，我恨他。另外，他在城里肯定有个情人，他回来得越来越晚了，我们决定一回国就离婚。”

我说:“那就让科洛曼自己回去吧，你留下来和我一起。你今晚就可以来我家，和你的女儿一起，一切都准备好了，婴儿房，我们的房间，一切都准备好了，连玩具都有。”

“你家里有婴儿房？”

“是的，琳娜，我等你们很久了。不久之后，你会有个小男孩的，琳娜，你想有多少孩子就可以有多少。”

“然后我们工作的时候就把他们放在托儿所？”

“为什么不？他们在托儿所很好啊，有游戏可以玩，也有小伙伴一起。”

“但是没有家，在这里，我们没有家，没有爷爷奶奶，没有叔叔阿姨，也没有兄弟姐妹。”

“显然，我们不能什么都拥有。当我们离开祖国的时候，我们就要适应这样的生活，如果你爱我，你会接受的。”

“我爱你，桑多尔，可是还不足以让我留下来。”

“如果我和你一起回国，你会嫁给我吗？”

“不，不，很抱歉，桑多尔，我觉得不会，我怎么向我父母介绍你呢？这是托比亚斯，我的丈夫，埃丝特的儿子。”

“我们可以撒谎，他们认不出我的。”

“撒谎？一辈子都撒谎吗？对我的父母，我们的孩子们，所有人？你怎么可以向我这么提议？”

我一个人回到家里，看着婴儿房、玩具、专门为琳娜买的丝绸睡衣。

没有别的可做了，我已经全部试过了，无能为力是最糟糕的感受。我只能不停地喝酒、抽烟，什么都不想地就这么待着。

一切都结束了，琳娜不会来和我一起住，不久之后，她会和一个她不爱的男人回国。我想她之后肯定不会过得幸福，她不会爱上除了我之外的别的男人了。

之后，我去厨房吃了点东西，从冰箱里拿出熏肉，拿出切菜板和刀准备切一点下来。

我切了两片，然后停了下来。我拿着刀愣了一会儿，然后把它擦干净，藏在我大衣内侧的口袋里，起身走出房门，骑上自行车。

我疯狂地骑着自行车，我知道我疯了，一切都不会改变了，但我仍然要去做，要去做些什么，我不怕再失去什么东西了，科洛曼要付出死的代价。

他要为强迫他妻子流产这件事受到惩罚，肚子里的孩子也是他的，我希望这个孩子是我的，可事实不是这样。

晚上八点，我来到琳娜的房子前，前面的房间里没有灯光，琳娜应该在厨房，或者和维奥莉特在另一间房间里。

街上没有行人，我坐在楼梯的台阶上，等待着。

科洛曼晚上十一点乘最后一班公交车回来，我在门前将他拦下。

“您想要干什么，桑多尔？”

“你要为对琳娜所做的一切受到惩罚，那是你们的孩子，科洛曼，不是我的。”

他试图推开我。“你这个疯子，快滚开！”

我从上衣里掏出刀子向他的腹部捅去，我没能拔出它，科洛曼蜷缩着倒了下去。我放任他倒在地上，骑上自行车，立马逃走了，他刺耳的叫声还在我的耳边回荡。

我躺在床上，等着警察，没有锁门。夜晚悄悄过去，可是我却无法入睡，但是，我并不害怕，监狱或者工厂，对我都一样，至少琳娜不用再和这个混蛋在一起了。

直到早上，警察都没来。九点，琳娜来找我，这是她第一次来我家，她坐在唯一的椅子上。

我问：“他死了吗？”

“没有，他在医院，过几天，等他出院之后，我们就要回去了，邻居听到了他的惨叫，叫了救护车，伤口并不深。”

我没有说什么，我想我显然没有能力杀死某个人。

她继续说：“科洛曼并没有起诉你，他只提出了一个条件：维奥莉特在离婚以后判给他。我不得不在一份协议上签字，之后他会宣称是一个不认识的人伤了他。”

“你不应该签的，琳娜，我去监狱没有什么。”

“我不希望你坐牢，因为我爱你，桑多尔，比你爱我更深，如果你真的爱过我，你就离我远一些，然后把我忘了吧。”

“不会的，琳娜，我不会把你忘了。”

“你会遇见别的女人的。”

“但没有人是你，没有人是琳娜。”

“我叫卡洛琳娜，琳娜只是你想象出来的，所有你生命中的女人都叫琳娜。”

“不，你是唯一的一个，既然你现在什么都没有了，就和我留在这儿吧。”

“你还要这么说吗？我认为你疯了，桑多尔，你只会给我带来不幸，你毁了我的人生，我因为你失去了两个孩子，我不想再看见你了。我想和我女儿生活在同一个国家里，永别了，托比亚斯。”

她起身走了，关上了门。

我没有和她说我是她的哥哥。

我没有和她说我曾经试图杀了我们的父亲。

至于我的人生，用几个字来概括就是：琳娜来了，然后走了。

在我脑海里，我还想对她说：“小时候，你又丑又凶，我以为我爱你，但我错了。哦！不，琳娜，我不爱你，不爱你，不爱别人，不爱一切，不爱生活。”

船上的旅人

似乎要下雨了，也许在我哭泣的时候已经下过了。

也许，在我的手掌上方，空气被涂上了颜色，乌云的边缘，蓝色变得透明。

太阳还在那里，左边，准备落下。灯光在路边扎根。

一个不寻常的夜晚，一只受伤的鸟儿挥动着残翅，很绝望，它又跌回我的脚边。

“我又大又重，”它说，“夜晚，人们害怕我的影子落在他们头上。当有炸弹的时候我也很害怕，我会飞到很远的地方，当危险过去，我便回来，长久地飘在尸体的上方。

“我喜爱死亡，想和死亡玩耍。我落在幽暗的山顶，收起翅膀，像一块石头一样下落。

“但我从未坚持到最后。

“我感到害怕，我只喜爱死亡降临在别人的身上。

“我自身的死亡或许要等很久之后我才会喜爱它，很久之后。”

我捡起鸟儿抱在怀里，抚摸着它的身子，它自由的翅膀受伤了。

“没有人会和背负耻辱的人做朋友，”它说，“去城里吧，那里至少还有光，让你脸色苍白的光，像死亡一样的光。去那些幸福的地方吧，因为那里的人不懂爱情，他们如此满足，既不互相依靠，也不需要上帝。晚上，他们紧锁房门，耐心地等着生命过去。”

“我知道，”我对受伤的鸟儿说，“好几年之前，我在一座城里迷路了，我不认识任何人，我在哪儿没有关系，我一直是自由和快乐的，因为我不爱任何人。

“有天晚上我停在一个黑湖边，一道黑影走过，盯住了我。或许这就是我一直重复着的诗篇。有音乐吗？我不知道，我记不得了，我很害怕，跑着离开了。

“我曾经有一个朋友，七年前，自杀了。我永远也忘不了夏日里最后几天的暑热，还有雨中树林绝望的眼泪。”

“但是我，”受伤的鸟儿说，“我见过无比美丽的田野，如果你也能到那里，你会忘记自己的心。那里没有鲜花，小草像旗子一样飘动，幸福的田野没有尽头，你只会感慨：我想好好休息一下，在这平静的大地上。”

“我知道，但是阴影会来。一幅画，一首诗，一段旋律。”

“那好吧，那你去山上吧，”鸟儿说，“让我死去吧，我无法承受你的悲伤，悲伤的姿态，带着灰烬颜色的悲伤的瀑布，行走在泥泞田野上的悲伤的黎明。”

在山上，聚集了一些音乐家。乐团首席将黑色的翅膀收起，其他人开始了演奏。

他们的船在音乐的浪涛中航行，风中飘着一个个音符。

个子最高的人勾起的手指插进了木头，另外四个人脱了衣服，肋骨紧绷，膝盖弯曲，黑色的蜘蛛在血管上跳舞。

在山谷里，太阳照耀着，几座灰色的房子在牧场上啃食着草地。最厉害的音乐家一边幻想着，一边在小麦地里散步，在山丘上跪了下来。最幸福的音乐家在船头唱歌。

其他人没有看到一点微弱的阳光，一块画板上充满了天空的颜色，眼睛被即将到来的星辰点亮。

于是船上的人们将死亡扛在肩上，最后一眼看向了大地。

卡洛琳娜离开两年之后，我的女儿琳娜出生了。一年之后，我的儿子托比亚斯也出生了。

白天的时候我们把他们放在托儿所，晚上我们接他们一起回家。

我的妻子，约兰达，是一个非常称职的母亲。

我一直在钟表厂工作。

公交车经过的第一个村庄，再也没有人上车了。

我不再写作。

你在哪儿，
马蒂亚斯？

Où es-tu Mathias?

你在哪儿，马蒂亚斯？

桑多尔和箱子一起玩，没有人过来。

下午吃点心时，他觉得一切都是无意义的。公鸡在院子里唱着歌，但完全不能让这黏稠的梦消散，他是对的：现在太早了。公鸡总是很早打鸣。

屋外，什么也没有。

叫喊声，星星，没别的了。

而且这些都像耳光一样苍白。桑多尔托着腮，他很想成为一个遭受虐待的孩子，但是他不是。他的父亲从不打他，他有别的事要做。桑多尔无所事事，突然，他厌倦了箱子，想要别人扇他一个耳光，为了哭泣，为了能有点儿声音。他开始咒骂父亲，但是父亲并不生气，一点儿都不。当人们有别的事情要做的时候，是不会生气的。

桑多尔努力醒过来，梦境很无聊，甚至连个噩梦都算不上。梦里是一座荒芜的岛屿，完全的荒芜，什么都没有。

闹钟响了。

桑多尔从床上坐了起来，打了个呵欠。

突然，他想起来他的母亲已经去世了。

他走到院子里，看到了公鸡、箱子，所有一切他想在这儿看到的东西。

草丛、小鸟、太阳。

这是他来到这个陌生地方的第一天。

有一个男孩来找他，桑多尔并不想见他。但当他对他说话时，桑多尔不得不抬眼。然而，他只说了一个词："来吧。"

桑多尔看着他，男孩很漂亮，朝他笑。"你觉得我长得好看，是吗？大家都觉得我长得好看。但我并不在乎，我不再感到尴尬，我已经习惯人们这么说我了。"

"我爱你。"桑多尔说。

"我知道，"男孩回答，"我会成为你的儿子，但首先，我要先死去。"

"好的，"桑多尔说，"继续和我说接下来的事情吧。"

"我最爱的人，是我的弟弟。"男孩继续说，"我爱他胜过爱其他任何一个人，胜过爱我自己。"

"为什么？"桑多尔问。

"我不知道。当你见到他的时候，就知道我为什么这么爱他了。"

"接着说。"桑多尔说。

"你应该来吃东西了。"男孩说。

"我不饿。"

"如果你不吃东西的话，就会变得苍白，还会生病，所有人都会因此难过的。"

"你也是吗？"桑多尔问。

“不，我不会，我无法悲伤，因为有件事情一直在宽慰我。”

“我一会儿再吃，”桑多尔说，“明早，或者今晚。”

男孩用灰色的大眼睛望着他。

“你继续说。”桑多尔说。

“不，是你要继续说，我没什么可说的了。我的生活是美好而简单的。”

“美好？”桑多尔说。

“和简单。”男孩说。

“但你了解什么是生活吗？”桑多尔突然生气地叫出来，“我希望你现在就走！”

男孩站起来。

“你真的希望我走吗？”

“不，留下吧，你走也没用，不管怎么样，都已经太迟了。”

“看看这棵树。”桑多尔说。

“它死了，”男孩说，“其他树还有落叶，而这一棵，它死了。”

“这是我妈妈，”桑多尔说，“她现在就像这样，在地下，裸露的尸骨，像这棵树的枝杈一样，黑乎乎的。”

“你说什么呢，桑多尔？你妈妈没死。”

“不，她死了，很久之前。她现在就是地下的一堆骨头，我爸爸杀了她。”

“这都不是真的，”男孩说，“我同情你。”

“你可以，只有你可以同情我，我需要你的怜悯。”

“我希望你的内心平静，桑多尔。但我觉得你永远做不到。”

“可以，当我看着你的时候，当你对我说话的时候。”

“我并不会永远在这里，”男孩说，“但你别忘了你还有我的弟弟，马蒂亚斯。一个值得你去爱的人。”

“他会爱我吗，他？”

“他只有你。”

“我一点儿也不喜欢他，我恨他。”

“会变的，”男孩肯定地说，“你会爱上他的。”

男孩死了。

桑多尔躺在院子的草丛上。

“日子光秃秃的，”他想，“我什么也不剩。”

他的姐姐来了。

“快来，桑多尔，我们要和妈妈一起去森林。”

“你不明白吗？”桑多尔说，“我爱过他，但他不在了。”

“你说谁？”姐姐挎着装草莓的篮子问道。

“你走。”桑多尔说。

“我也想走，”姐姐说，“可是我想知道你究竟在说谁？”

“你不认识他，快点走开！”

“你疯了。我跟妈妈走了。”

她走了。

“哪个妈妈？”桑多尔自问，“一棵干瘪的树。”

他朝屋子走去。

马蒂亚斯在那里，神情严肃，穿着黑色的衣服，其他人都走了。

桑多尔和马蒂亚斯留在厨房里。

桑多尔睡着了。

一会儿，他突然醒了，出门走到院子里，看到马蒂亚斯躺在泥里。

“你能走吗？”他问他。

“让我在这儿待着，”马蒂亚斯说，“明天一切都会好的。”

天是灰色的，但是不再下雨。

“睡觉，总是睡觉。”桑多尔自言自语。

但他从床上下来了。

“马蒂亚斯，你在哪儿？”

他在厨房里找到了正在煎蛋的他。

“我们要吃东西？”他问。

“是的，”马蒂亚斯回答，“我们要吃饭了。”

他们没人说起那个男孩。

以后也没人说起那个男孩。

每天早上，桑多尔从噩梦中醒来，然后就想到马蒂亚斯。

“他就在这儿，房子里的某个地方。”

一天晚上，他们吃着饭，互不说话，非常安静，和往常一样。桑多尔感到很疲惫。马蒂亚斯坐在他对面，一动不动地出神盯着空盘子。

也许他在等我和他说话，桑多尔想。然后他走出了厨房。

外面很冷。厚厚的云层从鲜艳的橘色月亮前面飘过，即将到来一场强烈的暴风雨。

桑多尔不知道自己这么累是否还能睡着。他害怕回到自己的房间，回到自己的床上，他最害怕的是明天再一次醒来。

“我很怕。”他身旁的一个声音传来。

弟弟也在那里，靠着墙，也许他已经在那儿很久了。

“我要睡了。”桑多尔说。

“不，”对方说，“我求你别睡！和我待在一起。”

“为什么？”桑多尔厌恶地问道。

那人牵起他的手。

“跟我来！”

他紧紧地拉着他，桑多尔完全没有机会挣脱。

他把他带到屋子后面。

“我叫马蒂亚斯。”他一边说一边打开地下室低矮的门。

“我知道，”桑多尔说，“我清楚得很。”

“是时候认识一下了，”那人一边说一边向一只酒杯里倒了点葡萄酒，“你要吗？”

“我只有十三岁。”桑多尔轻蔑地说。

“我也是。”那人说，并把酒喝了下去。

我恨他，桑多尔想，他力气是我的两倍，长得也比我高，我恨他！

“别害怕，”马蒂亚斯说，“我不希望你喝酒，我也是不常喝的。”

桑多尔没在听他说话，仔细地看了看他的脸。马蒂亚斯脸色苍白，眼睛是深邃的黑色，紧紧盯着地面。桑多尔发现他很漂亮，和他哥哥一样，他十分渴望得到那个死去的孩子的爱。

“给我喝点酒。”

马蒂亚斯把酒杯给他，没有看他。

“马蒂亚斯，”桑多尔过了一会儿说，“只有你值得爱了。”

马蒂亚斯抬眼望着桑多尔。“我不是什么值得爱的人。”

他们继续喝着。

马蒂亚斯睡着了，双手垂下，脑袋后仰靠在酒桶上。

桑多尔走了。

空气很寒冷。

“我们甚至都不能哭泣。”他自己对自己说。

黎明时，马蒂亚斯将他抱在怀里。“睡吧，哥哥，马上天就亮了。”

“我爸爸回来了，马蒂亚斯。”

“杀了他。”马蒂亚斯说。

“我不能，”桑多尔说，“我要走了。”

“不带我。”马蒂亚斯说。

“是的。我有些事情要在走之前做完，我要再去屋里看一下，你和我一起吧。”

“好的，”马蒂亚斯说，“我喜欢火。”

“你怎么知道？”桑多尔问。

“我们走吧。”马蒂亚斯说。

他们晚上又来到这儿，桑多尔带了一桶油，浇在了墙上、地下室里、楼梯上。马蒂亚斯站在花园里看着他。桑多尔向他走来。

“我忘了带火柴。”

“我有。”马蒂亚斯说。

他们爬上山丘，一切都那么美。

“我喜欢火。”马蒂亚斯说。

“我喜欢我的屋子。”桑多尔说。

一会儿之后。

“我很幸福，我要去收拾东西了。”

“你要去哪儿？”马蒂亚斯问。

“我要穿越矿区。”

“你会死在那儿的。”

“这也是一个开始。”

“你也可以留在这儿，”马蒂亚斯说，“你不能原谅吗？”

“我不能，马蒂亚斯，我走了。”

“不带我一起吗？”

“我不会想你的。”

“可我会想你的，”马蒂亚斯说，“有一天，你会回来的。”

桑多尔回来了。

他回到了马蒂亚斯空空的屋子，花园里也是空的。他去了溪边，马蒂亚斯在那儿，正在钓鱼。桑多尔坐在他旁边。“你钓了很多？”

“什么也没有，”马蒂亚斯说，“这儿好久都没鱼了。”

“那你还钓？”

“我在等你。”

他们起身，向村子走去。

“你爸爸死了，”马蒂亚斯说，“你妈妈也死了。”

桑多尔在一幢房子前停了下来。

“是的，这是你的房子，”马蒂亚斯说，“你认出它了。”

“但它之前不在这儿，它在另一个城市里。”

“在另一种生活里，”马蒂亚斯纠正说，“现在它在这里，空空如也。”

他们来到马蒂亚斯的房子前。

两个男孩坐在锁着的门前。

“这是我的儿子们，”马蒂亚斯说，“他们的妈妈走了。”

他们一起来到厨房，马蒂亚斯准备了晚饭，两个孩子静静地吃着，从不抬头。

“你的儿子们，他们是幸福的。”桑多尔说。

“很幸福，”马蒂亚斯说，“我要哄他们睡觉了。”

之后，他们来到地下室。

“酒桶空了，”马蒂亚斯说，“但我有瓶李子酒。”

他们喝了酒。

“明天，你可以住在你的房子里。”马蒂亚斯说。

“我不想住在那里，”桑多尔说，“如果你愿意，我想和你的孩子们一起玩耍。”

“他们从不玩游戏。”马蒂亚斯说。

过了一会儿，桑多尔说：“我也这样。我有个儿子。”

“他死了吗？”

“不，他长大了。”

“正常的话，”马蒂亚斯说，“他必须要经历生活。”

“生活？为什么？我经历了，但是什么也没找到。”

“本来就没什么可找的，”马蒂亚斯回答，“什么也没有。”

“有你。马蒂亚斯，我是为了你回来的。”

“我，你知道的，我就是个梦。你要接受这个事实，桑多尔，什么也没有，哪里都没有。”

“上帝呢？”桑多尔问。

马蒂亚斯不再问答。

“爱呢？我爱过一次，马蒂亚斯，我爱过一个女人。”

马蒂亚斯不再问答。

桑多尔走到院子里，天气非常寒冷。

“马蒂亚斯，你在哪儿？离开你以后，我一切都没了。我试着过没有你的生活。我去玩，去偷，去杀人，去爱人。但这一切都没任何意义，没有你，游戏没有乐趣，革命没有火花，爱情没有滋味。这二十年就是一片灰色的空缺。”

“你在哪儿，马蒂亚斯？”

星星照亮他们无尽的孤寂。

太阳再次升起。

桑多尔在他房间的床上躺着。

马蒂亚斯握着他的手。

“你病得很重，桑多尔。但现在，一切都会好的。”

“我知道，”桑多尔说，“我做了场噩梦。”

“听听这声音。”马蒂亚斯说。

桑多尔闭上了眼睛。外面，他父亲正在砍柴。母亲正在厨房唱歌。房间里有影子、阳光与和平。

“明天我们要去钓鱼。”马蒂亚斯说。

“是的，明天。”桑多尔说，“但我困了，让钟停下来吧，马蒂亚斯，它打扰我了。”

马蒂亚斯明白，他将他宽大又厚实的手放在了哥哥的心脏上。

琳娜，时间

人物

琳娜 12 岁
马克 22 岁

琳娜 22 岁
马克 32 岁

对话分两个部分，可以伴有或者被一些其他的声音打断：冰激凌小贩路过并叫卖“香草味！巧克力味！”，电子琴声，电话声，孩子的哭声和叫声等等。

第一部分：公园，马克坐在长椅上，琳娜跑过来。

琳娜（喊着说）：明天见，瓦伦蒂娜！（她在马克面前停了下来。）马克？你看上去心情不好？

马克：嗨，琳娜。

琳娜：她没来吗？

马克：嗯？不，她来了，但很匆忙。

琳娜：她一直都很匆忙。

马克：因为孩子们，因为她的老板。

琳娜：别的年轻姑娘可从来不会这么忙。昨天，我看到安妮特和一个留着胡子的人闲聊了一个钟头。

马克：安妮特，她和谁都能聊得来。

琳娜：因为她很招人喜欢，而且她很闲啊。

马克：去玩儿吧，琳娜。

琳娜：我不能再去玩儿了，我要回家了，天快黑了。

马克：好吧，你应该回去了。

琳娜：但我还有点时间，可以和你说会儿话。

马克：我不想说话，琳娜。我想自己待着。

琳娜：我烦着你了？

马克：不，没有，但是……你不懂。

琳娜：不，我懂。你很难过，因为她很忙。

马克：不，不是因为她忙，是因为她假装很忙。

琳娜：她看见你了，可她不想停下来，就是这样。她不想和你说话，她不喜欢你，对你没兴趣。

马克：不，你在这儿瞎掺和什么？首先，你还是擦擦嘴吧。

琳娜：为什么？我嘴上沾了什么吗？我刚刚吃了一个焦糖冰激凌。

马克：看出来了。

琳娜（擦了擦嘴）：还有吗？

马克：嗯，还有一点，就一点。你只是偶尔梳头吗？

琳娜：每天早上都梳，怎么了？

马克：我没看出来。

琳娜：当然，已经是晚上了……那你呢？你怎么穿成这样？

马克：我穿得……很正常啊。

琳娜：不，不正常。你围了个围巾。天这么热你还围着个围巾，我都光着脚呢，一点儿都不冷。

马克：我不是因为冷才围围巾的，我是为了看着好看。

琳娜：你觉得好看，围巾？（故意将字母“P”发得很重）[1]不是因为你爸爸是消防员就要给你买身雨衣的。

马克：琳娜！你口水都喷出来了！

琳娜：对，就是这样才好玩啊。

马克：有什么好玩的。

琳娜：当然好玩，我和瓦伦蒂娜一起想出来的。每次班里有女生要炫耀她的新衣服或别的东西的时候，我们就这么说，向她喷口水。不是因为你爸爸是消防员……

马克：立马停下，琳娜！你怎么这么烦人呢！

琳娜：你这么说一点儿都不友好，马克。我只是想逗你开心。但你不懂这个笑话。另外，我觉得，你不戴围巾更好看，你晒黑了的脖子很好看。

马克：走着瞧吧，琳娜！

琳娜：可以，我知道。可你为什么要做这一切？

[1] 后一句的法语原文中有很多含字母“P”的单词。加重读音，故意喷出口水。

马克：什么？什么一切？

琳娜：穿得像个小丑一样，当她经过的时候，你的脸都红了，还做了一些很愚蠢的动作。

马克：你跟踪我？

琳娜：不，我在树丛后面看到的，我不喜欢你和平常……和平常不一样。

马克：你没法理解的。我这么做只是希望她能喜欢上我。

琳娜：这很重要吗？她喜欢你，这很重要？

马克：你，小琳娜，你难道不希望大家喜欢你吗？

琳娜：我不知道。我觉得我不太在乎。如果大家喜欢我，这很好；如果大家不喜欢我，这不很好。

马克：我们不说“这不很好”，我们说“这很不好”。

琳娜：好吧，这很不好。

马克：但这两种结果对你来说肯定是不一样的。

琳娜：当然，我喜欢更……

马克：我更喜欢……

琳娜：是的，我更喜欢大家喜欢我。但我就是这样，像这样。

马克：你的父母呢……

琳娜：我的父母，他们和这个没关系。无论如何，他们都爱我。然而我父母的爱，不是我的未来。

马克：瞧瞧！你的未来！小家伙！

琳娜：我不是小家伙。我十二岁了，我只比你小十岁。

马克：已经相差很大了，十岁，琳娜，很巨大。

琳娜：十岁，这没什么。我问过妈妈，我爸爸比她大八岁。

所以呢？

马克：你想说什么，琳娜？

琳娜：没什么。（过了一会儿。）但我觉得你不应该。

马克：我不应该什么？

琳娜：为了取悦别人，变成不像你的样子。

马克：你不懂，琳娜，你就是一个小孩子。

琳娜：是的，一个在街上赤脚玩儿的孩子。但我会长大，很快，时间过得很快，你知道吗？一天接着一天，然后……我就是一个大姑娘啦。

马克：当然，你总会成为一个大姑娘的。

琳娜：然后我就可以结婚了。

马克：结婚？你太小了，不该想这些，琳娜。

琳娜：不，我已经开始想这个了。我要对你说，马克，我非你不嫁。

马克：非我不嫁？为什么？

琳娜：因为你很帅，因为你教我下棋，因为我喜欢你。

马克：你像喜欢一个大朋友一样喜欢我，琳娜。

琳娜：是的，但比这个更深。我像爱爸爸妈妈一样爱你，但爱得更多；像爱我的朋友瓦伦蒂娜那样爱你，但也更多；像爱我的猫咪沙尔比亚一样爱你，但也要比这个多。我完全爱上你了。

马克：哦，琳娜！我们不说这个事情了。

琳娜：为什么？这都是真实的。我知道不能说谎，我明白，我也不怎么说。但是，这是事实，我们可以经常说事实啊，不是吗？我确实完全爱上你了。

马克：琳娜，你还不知道这是什么，这不是你的年龄该想的事情。

琳娜：我的年龄！总是我的年龄！我比我的年龄早熟，我完全知道什么是爱上一个人，就是想和他结婚。

马克：不总是这样，琳娜，不一定。

琳娜：哦，不是现在，我没那么蠢，但是五年之后，八年之后……

马克：五年或八年之后，你就不会想着我了，琳娜。

琳娜：这点，这你就弄错了。是你不知道什么是爱情。

马克：我倒希望我完全不知道。

琳娜：为什么？爱情多么美妙啊。晚上，我想你，我想着你坐在我床边的样子。你朝着我笑，然后，我睡着了，当我醒来的时候，我很开心，我跑着去公园找你。如果我不爱你的话，我该做什么呢？

马克：你会去学校，你会和瓦伦蒂娜玩耍。

琳娜：是的，但我想什么呢？我会梦见谁呢？不，如果你不存在，马克，那就会像……像下雨一样。

马克：爱情并不总是令人开心的，琳娜，有时候也要忍受很多。

琳娜：我知道。你以为我看见你在这儿傻傻地坐等一个连看都不都看你的姑娘的时候，我不难受吗？还有当我看见你戴着这条围巾，做出那些别扭动作的时候，我感到恶心！我宁愿想我是爱上了别人。

马克：是的，这样才对，去爱别人吧，琳娜。一个和你年龄差不多的男孩子。

琳娜：和我年龄差不多的男孩子！你见过我这个年龄的男孩子吗？他们就是在课堂上捣乱，然后就去踢足球。另外，你相信吗，马克，我们可以选择吗？选择我们可以爱上的人。

马克：不，我们不能，你是对的，但是……你哭了？别哭，我的小琳娜，乖，别哭。

琳娜：我没哭，我生气了。你会看见的，我很快就会长大，然后会比她更漂亮，更聪明，更可爱，而且我不会借口那么忙的，你等着看吧，五年或者八年之后，等着吧。

马克：好的，琳娜。别哭了，冷静一点，回家吧，听，你妈喊你呢。

母亲：琳娜！琳娜！立马回来！八点多了。

琳娜：好的，妈妈，我来啦！我正在找猫呢。（她边喊边出去了。）沙尔比亚！沙尔比亚！

第二部分：十年后，一样的公园。琳娜坐在长椅上，读着书，马克正好路过。

琳娜：马克！

马克（停下）：小姐？

琳娜：马克，你没认出我来吗？

马克：抱歉，我没有……

琳娜：马克！我是琳娜！

马克：琳娜？不，这不可能，我曾经有个邻居，那个小女孩叫琳娜……

琳娜：时间过得很快啊，马克，我二十二岁了。

马克：二十二岁！我都认不出你了，你变了很多。

琳娜：你看，我立马就认出了你。你可没怎么变，但你老了不少。

马克：别那么夸张，琳娜。我才三十二岁。但我可以称“您”……还是继续称“你”吧，我是说，重新称“你”？

琳娜：是的，继续，重新。你要坐一会儿吗？

马克（坐下）：当然，如果你允许的话。（过了一会儿。）

琳娜：为什么你又回来了，这么多年之后？

马克：为什么？也许是为了找一个玩儿木环的小女孩。

琳娜：木环游戏已经过时了。

马克：那现在孩子们玩儿什么？

琳娜：我不知道，每天都在变。

马克：你呢？琳娜，你玩儿什么？

琳娜：我不玩啦，我读书，我现在是经济专业的大学生。

马克：经济？你吗？

琳娜：是的，我。为什么你这么吃惊？

马克：我不知道，这是真的，为什么你不能成为一个学经济的学生呢？

琳娜：你看上去不高兴，马克。因为我学经济吗？

马克：不，不仅仅是这样，还有你的头发。

琳娜：我头发怎么了？

马克：更短了，还被认真打理过。

琳娜：没风的时候，它们才会比较整齐。

马克：当……以前……它们都是乱糟糟的，你的嘴、你的脚也是……

琳娜：我的嘴和我的脚？

马克：你的嘴上现在没有沾着巧克力，还有，琳娜，你有凉鞋，你不是光着脚。

琳娜（大笑）：还有你，马克，你也没戴围巾啊。

马克：什么围巾？

琳娜：你为了讨好某人而戴的围巾。

马克：你不喜欢，我的围巾，我记得，你喜欢我晒黑的脖子，不戴任何东西。

琳娜：别这么低俗，马克。（过了一会儿。）你这些年去哪儿了？

马克：我在英国，跟一个女人一起去的。

琳娜：她还是那么忙？

马克：好一些，她起码还有时间和我结婚。

琳娜：恭喜。

马克：没什么，我现在离婚了。

琳娜：太棒啦！

马克：你在嘲笑我。

琳娜：为什么不呢？我觉得这个真的很好笑啊。

马克：琳娜！

琳娜：现在大家都叫我卡洛琳娜。琳娜，是小时候的名字，我真正的名字是卡洛琳娜。

马克：对我来说你一直都会是琳娜。琳娜，我回来，是因为你。

琳娜：你为了一个曾经爱你到绝望的小女孩回来了？

马克：你爱过我，琳娜，这是真的吗？

琳娜：是的，我和你说过，我喜欢你的头发、眼睛、臂膀、晒黑的脖子，你的羞涩、友善，我喜欢你的一切，马克，可是……你走了。

马克：我回来了。

琳娜：你不是为了我回来的。你回来只是为了找寻过去，你的青春，你的梦想，你的幻想。

马克：可是那个爱过我的小女孩，是你，琳娜。

琳娜：曾经，另外，你现在对我来说太老了，马克。

马克：十年的差距，这不算什么。

琳娜：我爸妈差八岁，最后离了婚。

马克：他们不一定是因为年龄差而离婚的。

琳娜：是的，不一定。你也离婚了，你们之间没有很大的年龄差吧？

马克：几乎没有，就一岁。

琳娜：你们为什么离婚呢，马克？

马克：哦，琳娜，我不知道。时间飞逝，人们随时在变……很难解释。

琳娜：可能我还太年轻，无法理解。

马克：从某方面说，是的，你没有婚姻的经验。

琳娜：除了关于我爸妈婚姻的经验。你们有孩子吗，马克？

马克：没有，幸亏。

琳娜：是的，幸亏。

马克：你还住这儿吗，琳娜？

琳娜：不，我在大学城有住的地方，但我时不时回来看望我妈妈。

马克：我的妈妈，她去世了。

琳娜：我知道，我们去了她的葬礼，你不在。

马克：那段时间我的生活……我没办法回来。但是今天早上我去她的坟墓上看过她了。

琳娜：是的。（过了一会儿。）那你现在准备做什么呢？

马克：我不知道。找一份工作……

琳娜：什么类型的工作？你因为她休学了。

马克：无论什么工作。就是为了混口饭吃，我希望留在这儿，找个房子。

琳娜：无论什么工作！找个房子！如果你当时不走的话……

马克：别生气。

琳娜：生气？为什么？（过了一会儿。）

马克：琳娜？

琳娜：卡洛琳娜！

马克：对我来说，一直都是琳娜。

琳娜：对所有人来说，都是卡洛琳娜。

马克：我不是所有人，你爱过我。

琳娜：十年前。

马克：是的，时间……

琳娜：是的，时间。我不知道你的过去，马克。而你也是如此，你也不知道我的过去，你离开了我的这十年。

马克：你还没有过去，琳娜，你还年轻。

琳娜：我还年轻，是的，但我也有过去——你。这十年间，我每天都来这个公园，而你却不在。公园还是老这样，孩子、妈妈、年轻的姑娘、老人。每天有很多人，却也是空荡荡的。没有你，这儿对于我就是荒漠。

马克：我那时不能相信这是……认真的。一个十二岁的女孩……但现在，我在这儿了，琳娜，你也不是个孩子了。

琳娜：是的，你在这儿，太阳应该升起，白昼应该明亮，什么也没发生。

马克：我们也许可以重聚……重新开始……这一切。

琳娜：我们不能删除这十年，马克。我总是梦见你，梦见你回来，你知道吗？但是在梦里，完全不一样。你更高大，更帅气，更阳光。你回来找我，可是你的肩上没有这悲伤又沉重的过去啊，哦马克，我想我再也不想看见你了！（她起身，马克拉住了她的胳膊。）

马克：你都不给我一点希望吗？

琳娜：那你呢？你给过我吗？请你放开我的手！另外，我很忙，三个星期之后我就要考试了。

琳娜走了，一个小女孩跑了过来，光着脚，她有着和琳娜小时候一样的嗓音。

小女孩：再见，简妮，明天见！（她在坐回长椅上的马克面前停下。）你看着很难过，先生？

马克：你说什么？

小女孩：我问你是不是因为她走了，所以你很难过？

马克：谁？

小女孩：那位夫人。

马克：哪位夫人？她是位年轻的姑娘，不是一位夫人。

小女孩：可她看上去像一位夫人，穿着高跟鞋。

马克：年轻的姑娘也穿高跟鞋。

小女孩：你想说的是，“高跟鞋也支撑着年轻姑娘”，这样更说得通。

马克：是的，你说得对，琳娜，这样更对。

小女孩：我不叫琳娜，我叫阿琳娜。

马克：阿琳娜？哦，真好听。

小女孩：别人也叫我玛多琳娜、克里琳娜、艾尔琳娜，等等。你不会也要给我起个这么蠢的外号吧？

马克：琳娜，这可不是个愚蠢的外号。

小女孩：但这不是我的名字，我喜欢更……

马克：我更喜欢。应该说，我更喜欢。

小女孩：你说话好像老师。（马克起身。）你去哪儿？

马克跑开了。

小女孩（叫道）：你知道，我认识她，我每天都能看见她，你追着她跑是没用的。她从不和人说话，而且她总是很忙。

马克的脚步声。

不识字的人

l'Analphabète

开始

我阅读。这就像一种病。我读所有能到我手上的、在我眼前的东西：报纸、教科书、画报、街上捡到的碎纸片、食谱、儿童书。一切印制的东西。

我四岁。战争刚刚开始。

那时，我们住在一个小村庄里，这里没有火车站，没有电，没有自来水，也没有电话。

我父亲是全村唯一的教师。他教全部的年级，从一年级到六年级，在同一个教室里。学校与我家仅一个操场之隔，学校的窗户正朝着我母亲的菜园。我爬上教室的窗户，就可以看到整个班级，还有我父亲在最前面，笔直地站着，正在黑板上写字。

我父亲的教室充满了粉笔、墨水、纸张、平静、沉默、雪的味道，即使在夏天。

我母亲的大厨房里充满着被宰杀的牲口、煮熟的肉、牛奶、果酱、面包、湿漉漉的衣服、婴儿的尿、忙乱、噪音、夏天炽热的味道，即使在冬天。

当天气不允许我们在外面玩耍时，当婴儿的喊叫比平日更加刺耳时，当我和哥哥在厨房太吵闹或者闯了祸的时候，母亲就会把我们送到父亲那里，作为一种“惩罚”。

我们从家里走出来。哥哥在存放木柴的棚子前面停了下来。

“我更想留在这里，我要劈一些细柴。”

“是的，这样妈妈会高兴的。”

我穿过操场，进了教室的门，然后停在了门边，双眼低垂。

我父亲说:“靠近一点。”

我靠近了一点，在耳边悄悄和他说:“惩罚……妈妈的……”

“没别的吗？”

他向我问“没别的吗？”，是因为有时候我会不用语言替母亲传信给他；或者是我不得不说出的几个词——“医生”“紧急”；有时候仅仅是一个数字，三十八或者四十。这些都是因为那个小婴儿总是在生病。

我对父亲说:“没，没别的。”

他递给了我一本带着插画的书。“坐下吧。”

我走到教室的后头，那里，在全班最高的几个学生后面，还有些空位。

正因为如此，很小的时候，在毫无意识和完全偶然的情况下，我患上了无可救药的热爱阅读病。

我们去邻近的城市探望母亲的双亲，他们住在一幢有电有自来水的房子里，我的外祖父把我搂在怀里，我们还一起去邻里闲逛。

外祖父从他礼服的大口袋里拿出一张报纸，对周围的人说:“看着！听着！”

然后对我说:“读出来。”

然后我就读了起来。流利地，没有任何错误，和他们期望的读得一样快。

但是除了让祖辈骄傲这一点之外，我的阅读病带来更多的却是责备与轻视：

“她什么也做不了。她只是在读书。”

“她除此之外什么都不会。”

“这是最没用的本事。”

“这纯粹是懒惰。”

尤其是：

“她读书，而不是……”

而不是做什么？

“有别的更加有用的事去做，不是吗？”

即使现在，早上，当屋里空了，邻居们都去上班时，我仍感到有点内疚，因为我坐在餐桌边读了几小时报纸，而不是……做家务，或洗昨晚的碗盘，或外出采购，或洗熨衣服，或做果酱、蛋糕……

尤其，尤其！我没有去写作。

从说话到写作

从小时候开始，我就喜欢讲故事，我自己编的故事。

外祖母有时候会从城里过来帮我母亲料理家务。晚上，是她哄我们睡觉，而她总是讲那些我们已经听过一百遍的故事。

我从床上起来，对外祖母说："说故事的人应该是我，而不是你。"

她将我抱在膝上，哄着我说："那你说，你说吧。"

我随便说一句话，然后继续接上。一些角色出现了，死了，或是消失了。有好人也有坏人，有穷人也有富人，有胜利者也有失败者。故事永远不会结束，我在外祖母的膝盖上结结巴巴地说着："然后……然后……"

她把我放回婴儿床上，熄灭了油灯，然后走向厨房。

我的兄弟们睡着了，我也睡着了，故事在梦里继续着，美好又吓人。

我最喜欢的，就是给我的弟弟蒂拉说故事。蒂拉是母亲最喜欢的孩子，他比我小三岁，所以他相信我所说的一切。比如，我把他拉到花园的一角然后问他："你希望我告诉你一个秘密吗？"

"什么秘密？"

"你出生的秘密。"

"我的出生没有秘密。"

"有，但你要发誓你不会告诉别人，我才会告诉你。"

"我发誓。"

"好的，秘密就是：你是一个被捡来的小孩，你不是我们家的。我们在田野里发现了你，被抛弃的你，没穿任何衣服。"

蒂拉说："这不是真的。"

"爸妈会在你长大之后，把这些告诉你的。你就会知道你当时是多么可怜、瘦弱，全身赤裸。"

蒂拉开始哭泣，我把他抱在怀里。"别哭，我会把你当作我的亲弟弟一样爱你的。"

"和爱亚诺一样吗？"

"差不多一样，亚诺毕竟是我的亲哥哥。"

蒂拉想了想说："既然这样，那为什么我和你们有一样的姓？为什么妈妈更喜欢我，而不是你们两个？你们总是受惩罚，你和亚诺，而我从来没有。"

我向他解释："你和我们有一样的姓，是因为我们正式收养了你。之所以妈妈表现得更喜欢你，是因为她不想让你觉得你和我们这些亲生的孩子之间有什么不同。"

"我是她亲生的孩子！"蒂拉很生气，转身跑回家。

"妈妈！妈妈！"

我追在他后面。"你发誓不告诉任何人的，我刚才在开玩笑！"

太晚了，蒂拉跑到厨房，扑到母亲怀里。"告诉我，我是你的亲儿子，亲生的儿子，你是我的亲妈妈。"

我自然受到了惩罚，因为说了蠢话。我在卧室的角落里，被罚跪在一根玉米棒上。一会儿，亚诺带着另一根玉米来了，跪在了旁边。

我问他："你，你怎么也受惩罚了？"

"我也不知道，我只是边摸蒂拉的头边说：'我爱你，小杂种。'"

我们大笑。我知道他是为了受罚故意这么说的，因为团结，也因为没有我，他会感到无聊。

我继续向蒂拉说些无聊的蠢话，我也向亚诺说过，然而他却不信，因为他比我大一岁。

写作的欲望来得稍微晚一些，当童年的银线被剪断，当最坏的日子来临，我只想说"我不爱它们"的那些年。

那时我和我的父母以及兄弟们分开，去了陌生城市的一所寄宿学校。在那里，为了缓解分离的痛苦，我只剩下一件事可以做：写作。

诗歌

我去寄宿学校的时候，正好十四岁。亚诺，我的哥哥，在寄宿学校里已经一年了，但他在别的城市。蒂拉还和母亲一起生活。

这不是一所又年轻又有钱的女孩子读的寄宿学校，情况完全相反。这里像营房和修女院、孤儿院和劳教所的结合。

这里有两百个女孩子，年龄介于十四至十八岁之间，吃住由国家负担。

一间宿舍里有十到二十个人，双层床上铺着草垫和灰色的被褥。窄小的金属衣柜紧贴在走廊边上。

闹钟早上六点响起，一个睡眼惺忪的督学会来检查房间。有些学生躲在床下，其他人则跑向操场。绕操场跑三圈之后，我们会锻炼十分钟，然后又赶紧跑回楼上。接着用冷水洗脸，然后穿好衣服，下楼去食堂吃饭。我们的早饭有一杯咖啡牛奶和一片面包。

昨天的信件被分发下来——这些信已经被校长拆开过，理由是：

“你们还是未成年人，我们就是你们的家长。”

七点半，我们会排着拥挤的队伍，唱着革命歌曲穿过城市去上学。会有男生停在我们的队列旁边，向我们吹口哨，说一些赞美或者侮辱的话。

从学校回来，我们吃些午饭，之后在自习室一直待到晚饭时间。

在自习室里，需要保持绝对安静。

在这么长的时间里应该做些什么呢？作业，当然了，但是总被匆匆敷衍，因为它们实在是太无趣了。我们也可以读书，但是除了义务教育读本外没有别的书可读，再说这些书也很快就可以看完，并且其中绝大部分也很无趣。

于是，在这绝对安静的几小时内，我开始写日记，我甚至发明了一种没人可以看明白的写作。我记录下我的不幸、忧愁、悲伤，以及一切使我在夜里为之哭泣的东西。

我为失去父母兄弟哭泣，为失去的家园哭泣，现在那儿住着陌生的外国人。

我尤其为失去的自由哭泣。

诚然，周日下午，在督学到场的情况下，我们可以在学校的“会客厅”接受探访，甚至是男子的来访。我们也有自由在周日下午外出散步，甚至是和男孩子一起，但仅可以在城市的主干道上，督学也会跟着。

但是，我并没有自由去找我的哥哥亚诺，他离这儿不过二十公里，和我一样，他也不能来找我。我们被禁止踏出城市，另外，我们也没钱买火车票。

我为我的童年哭泣，属于我们三个人的童年，亚诺、蒂拉和我。

再也不能光脚走在森林湿漉漉的路上直到“蓝色山崖”；再也不能爬树嬉闹，和枯朽的树枝一起跌落；再也没有在我跌落时将我救起的亚诺；再也没有房顶上夜晚的漫步；再也没有向妈妈告状的蒂拉。

在寄宿学校里，十点熄灯。督学会来查房。

如果我还有可以读的东西的话，我会在路灯照进来的光线下继续阅读。然后在我哭着入睡之后，夜晚又生出词句。它们围绕着我，低声私语，有着自己的节奏和韵脚，它们唱着歌，变成了诗：

昨日一切都很美好
树林间的音乐
发丝间的微风
还有你伸出的双手里的
阳光

滑稽表演

五十年代，除了一些有特权的人，我们国家所有的人都很贫穷。一些人甚至比一般人更穷。

当然，在寄宿学校里，我们是被供养的。我们有东西吃，也有屋顶可以遮风避雨，但伙食很差并且常会因供应不足而饿肚子。冬天非常冷，我们在学校里要穿着外套，而且每四十五分钟就要起身做运动暖和身体。宿舍也一样寒冷，要穿袜子睡觉，上楼去自习室时，必须要带上毯子才行。

那时候，我穿着亚诺的旧衣服，他已经穿不下了，那是一件黑色的棉袄，没有纽扣，左边已经破了。

将有一个男孩子在多年之后和我说："我真的很佩服你在冬天的时候还可以敞着衣服。"

去学校的路上，我拿着一个朋友的书包，因为我没有自己的书包，于是我就把书和本子放在她的书包里。书包很重，我的手指因为没手套戴生了冻疮。我没有铅笔，没有钢笔，也没有运动服。我全部都只能借别人的。

在我必须把我的鞋子拿去给鞋匠修的时候，我也只能问别人借鞋子穿。

如果必须要把鞋子还给别人，我就会因为这个鞋匠在床上躺三天。我不能对寄宿学校的校长说我是因为没有鞋子换所以不能去上学，我只能说我病了。她相信我，因为我是好学生。她摸了摸我的额头，说："你发烧了，至少三十八度，盖好被子休息吧。"

我盖好了被子，但是我拿什么支付鞋匠的费用呢？我不能向父母要钱，父亲已经进了监狱并且好几年没消息了。母亲很辛苦地工作，和蒂拉挤在一个小房间里，邻居偶尔借给他们用一下厨房。

母亲曾短暂地在我所在的城市里打工。有次放学，我去找了她。那是一间很小的地下室，十几个妇女围着一张大桌子坐着，在一只电灯泡的亮光下，包装老鼠药。

我母亲问："一切还好吗？"

我说："一切都好，别担心。"

她没问我需要什么，但我补充说："我不需要什么。蒂拉如何？"

"他很好，今年秋天，他也要去寄宿学校了。"

我们之间没再说话了。我多想和她说我去修了鞋，向鞋匠保证过会尽快给他钱。但看到母亲破旧的裙子和被老鼠药弄脏的手套，我无法说出口。我和母亲吻别，然后走了，再没回来过。

为了赚点钱，我在学校二十分钟的课间里编排了一个节目。我写一些短剧，和两三个朋友一起很快就可以把台词背下来，有时我们甚至会进行一些即兴表演。我的特长是模仿老师。今天我们去一些教室，明天就去其他的。演出的票价和看门人在课间卖的牛角面包一样。

我们的演出获得了巨大成功，有时候走廊里都挤满了观众。甚至有些老师也会来，这让我有时不得不临时改变模仿的内容。

我把成功的经验搬到了宿舍里，和别的朋友一起创造别的剧目。晚上，我们一个宿舍一个宿舍地表演。女孩们邀请我们过去，并为我们准备各种各样的大餐，原料来自这些农村女孩的父母寄给她们的包裹。我们，作为演员，无差别地接受钱或食物当作报酬。当然最大的回报，就是我们制造了欢乐。

母语与敌语

最开始的时候，只有一种语言。物品、事情、感觉、颜色、梦境、文字、书籍、报纸，都是这个语言。

我无法想象存在另外一种语言，另一个人会说出我完全听不懂的话。

母亲的厨房、父亲的教室、叔叔盖扎的教堂、大街上、村里的房子和祖父母的城里，所有人都说同样的语言，从来不会说别的。

有人说，住在村子边上的吉卜赛人说着另一种语言，但我觉得那不是一种真正的语言，只是他们为了仅仅在他们之间交流所创造出的一种交流方式，就像我和亚诺，为了不让弟弟蒂拉听得懂我们在说什么而创造出的一种交流方式。

我想吉卜赛人这么做也是因为在村中的小酒馆里，他们要使用有特殊标记的玻璃杯，专供他们的玻璃杯，因为没有人愿意再用被吉卜赛人用过的酒杯。

有人还说吉卜赛人会偷孩子，当然，他们偷很多东西，但是当人们从他们的土房子门口经过的时候，总会看到很多孩子围着破房子玩耍，人们会奇怪为什么他们还要偷别人的孩子。此外，当吉卜赛人来村里售卖陶器或者用芦苇编的篮子的时候，他们也和我们一样说着“正常”的语言。

我九岁的时候，我们搬家了。我们搬去了一座边陲城市，那里至少有四分之一的人说德语。对我们匈牙利人来说，这是敌方的语言，因为它总会让人想起奥地利统治的时期，这也是那时侵略我们国家的外国军人们所说的语言。

一年之后，另一支外国军队侵占了我们的国家。俄语成了学校的必修课，其他的外语被严令禁止。

没有人懂俄语。教我们外语——德语、法语、英语——的老师们上了几个月的俄语速成课，但他们并没有真正懂，也不想教这门课。另外，学生们也完全不想学。

我们正在被动地参与一场全国智力破坏和自发的消极反抗活动。

对于学习地理、历史还有苏联文学也同样缺少热情，学校教出的学生都是无知的一代。

正是如此，在我二十一岁到瑞士的时候，完全是偶然地来到了一座说法语的城市，我遇见了这门对我来说完全陌生的语言。从此我开始了为征服这门语言而进行的斗争，长久而猛烈的斗争，持续了我的一生。

我说法语已经三十多年了，用法语写作也已经二十年，但是我并不总是理解它。我说法语不会没有错误，写作也需要经常查字典。

正因为如此我也将法语视为敌语。还有一个更深层，也是最重要的原因：这门语言正在侵蚀我的母语。

斯大林之死

1953年3月，斯大林去世了。我们是昨晚知道的这个消息。寄宿学校要求必须为此悼念。我们无声地去睡觉。早上，我们问：“今天是放假了吗？”

督学说：“不，你们和往常一样去学校，但是不能唱歌了。”

我们和往常一样排着队去学校，但是没有唱歌。建筑物上挂着红色和黑色的旗子。

老师在教室等着我们，他说：“十一点，学校的铃声会响起。你们要起身默哀一分钟。在此之前，你们需要写一篇名为《斯大林之死》的作文。作文里要写斯大林同志对于你们来说的意义。首先是如父亲一般，其次是一盏明灯。”

一个学生突然哭了起来。老师说：“请控制好你自己，小姐。我们都十分悲痛，但要控制好自己的痛苦。你们的作文不会被计分，看在你们才刚刚经受过如此重大打击的分上。”

我们写着，老师在教室里踱步，手放在背后。

铃响了，我们站了起来。老师看了看手表。我们等着城里的警报响起。靠窗户的女生看了看街上说：“这只是收垃圾的铃声。”

我们坐了下来，笑出了声。

学校的铃声和城市的警报不久之后便响起，我们又站了起来，但因为刚才收垃圾的铃声，我们还是很想笑。我们就这么站着，这漫长的一分钟，因为憋着笑而晃晃悠悠站不稳，老师也跟着一起笑。

我曾把斯大林的彩色照片放在口袋里好几年，但直到他去世的时候，我才明白为什么我姨姨会在某次我去她家的时候将这张照片撕得粉碎。

思想灌输的力度是巨大的，对于年轻人尤其有效。鲁道夫·纽瑞耶夫，苏联时代持不同政见的伟大舞蹈家，这样说道："斯大林去世的那一天，我去了郊外。我一直等着不平凡的事情发生，等着自然回应这场悲剧。然而什么也没有，没有地震，没有任何信号。"

不。"地震"在三十六年之后才到来，也不是自然的回应，而是来自人民。必须要等待这么长的时间，让我们的"父亲"真正死去，让我们的"明灯"永远熄灭，希望如此。

据我所知，没有一个不同政见的俄国作家谈起过，这些必须忍受着专制的人是怎么想的。关于这些多年来忍受着异族和他们的统治的"不重要的小国"，他们又是怎么想的。这些作家们是否为此，或者说将来会不会为此感到一丝羞愧？

在此，我想到了托马斯·伯恩哈德，一位伟大的奥地利作家，他从来没有停止批判和抨击——带着爱与恨，还有幽默——他的国家、时代、生活的社会。

他于 1989 年 2 月 12 日去世，为此没有全国或者国际上的哀悼，没有虚假的眼泪，可能也没有真实的。只有包括我在内的一些忠实读者，能感受到文学界失去他的痛苦：托马斯·伯恩哈德，从今往后，不会再写作了。更糟糕的是他禁止人们在他死后出版他未公开的手稿。

这位作家对现实说的最后一个“不”字凝结在了《是》这本书里。这本书现在就在我面前的桌子上，与《水泥地》《下行者》《声音模仿者》《伐木》以及别的书一起。《是》是我读的第一本他写的书，我把它借给了很多人，并且介绍说我从未在读书时笑过这么多次。他们还给我的时候都说没能读完，说这本书里有太多“令人挫败”与“无法承受”的东西。说起这本书的“喜剧性”，他们则一点儿都没有体会到。

书的内容确实是可怕的，因为这个“是”确实是“是”，但那是对死亡而言的“是”，因此对生活而言就是“不”。

然而，无论他是否愿意如此，托马斯·伯恩哈德将永远存在，并且给那些自认为是作家的人树立了榜样。

回忆

我从报纸还有电视中得知一个十岁的土耳其孩子和他的父母一起偷偷穿越瑞士边境的时候死于寒冷和精疲力竭。“蛇头”将他们带到边境，他们只要一直向前走就可以走到瑞士的第一个村子。他们走了很久，穿越了山脉和森林。天气非常冷，最后父亲将孩子背在身上，然而已经太迟了，当他们走到村里的时候，孩子已经因疲惫、寒冷和体力耗尽而亡。

我的第一反应和任何一个瑞士人一样：这些人怎么会和孩子一起冒这样的风险？这样不负责无法令人接受。因此产生的震惊来得如此快速和猛烈。十一月末的冷风扫入并吞没了我温暖的房间，回忆中的声音惊愕地响起：“什么？难道你忘了吗？你也做过一样的事情，完全一样的事情。你的孩子，还是个才刚刚出生的婴儿。”

是的，我想起来了。

二十一岁的时候，我已经结婚两年了，我的小女儿刚刚出生四个月。我们计划在十一月的一个夜晚，跟着一个名叫约瑟夫的“蛇头”——我对他很熟悉——穿过匈牙利和奥地利的边境。

那晚一共有十来个人，其中有几个小孩子。我的小女儿在她父亲的怀里睡着，而我则背着两个背包。一个背包里装着奶瓶、尿布，还有孩子的换洗衣服，另一个背包里则装着字典。我们跟着约瑟夫静静地走了约一个小时。几乎没有一点光亮，偶尔耀眼的烟火和探照灯的光会照亮一切，炮声和射击声之后，黑暗与寂静又将我们笼罩。

在森林的边缘，约瑟夫停了下来并对我们说："你们已经在奥地利了，只需要继续走就行，村子并不远。"

我拥抱了约瑟夫。所有人都把身上的钱给了他，毕竟，这些钱在奥地利也没任何用处。

我们在森林里走着，很久，非常久。树杈划伤了我们的脸颊，有人掉进了树洞里，落叶浸湿了鞋子，脚踝被树根绊到差点扭伤。我们打开了几只手电筒，可是只能照到很近的地方，这里只有树，总是树。但是，我们应该已经走出森林了。我们感到自己只是在原地打转。

一个孩子说："我好怕，我想回去，睡到床上去。"

另一个孩子也开始哭了。

一个女人说："我们迷路了。"

一个年轻的男子说："停下吧，如果继续这么走下去，我们会回到匈牙利的，可能已经回去了。先别动，我去看一下。"

如果回匈牙利，我们都知道这意味着什么：非法越境的牢狱之灾，也有可能被喝醉的苏联边境士兵一枪击毙。

年轻男子爬到了一棵树上，下来之后他说："我知道我们在哪儿了，我根据灯光定了下位置，跟我走。"

我们跟着他，不久之后，终于走出了森林，来到了一条真正的路上，没有树杈、树洞和树根了。

突然，一束强烈的光照向了我们，一个声音说：“站住！”

我们其中的一个人用德语说：“我们是难民。”

边境的奥地利士兵笑了一声，回答说：“我们很怀疑，先跟我们走。”

我们被带到村里的广场上，那里有一群难民。市长来了。

“那些带着孩子的，向前走。”

我们被安排住在一户村民家里，他们很友善，帮着照顾小孩，给我们吃的，并让给了我们一张床。

奇怪的是，我对这些的记忆并不深刻，就像这些只是发生在某个梦境里一样，或者是在别处的生活中，像是我的回忆拒绝想起这丢掉我生命中重要的一部分的时刻。

我将我用别人看不懂的话语写的日记还有最初的那几篇诗歌留在了匈牙利。我的兄弟、父母也都还在那里，我没有告诉他们，也没和他们道别。但是那一天，1956 年 11 月末的那一天，我永远地失去了我的民族归属感。

无家可归的人

我们从匈牙利来到奥地利的小村庄，从那里又坐车去了维也纳。车票的钱是市长付的。路途中，我的小女儿在我的膝上睡觉。路边，一个个边界里程标亮着光，我从来没见过这样的里程标。

来到维也纳，我们找了一家警察局进行申报。在警察局的办公室里，我替女儿换了尿布，给她喂了奶。她吐了。警察告诉了我们难民营的地址，并指明了免费去那里的电车。在电车上，穿戴得体的夫人们抱着我的女儿，并往我的口袋里塞了点硬币。

难民营是一幢很大的建筑物，之前应该是工厂或者兵营。在一个宽敞的大厅里，草垫直接铺在地上，这里有公共淋浴间和一个很大的餐厅。餐厅入口处的一块黑板上钉着许多寻人启事。人们在这里寻找穿越边境时、维也纳城里，或者在这嘈杂的人群中丢失的亲属或者朋友。

我的丈夫，和所有人一样，每天都去各个使馆的办公室询问可以收留我们的国家。我和女儿待在一起，她就躺在草垫上，咿咿呀呀地和草绳玩儿。为了要到一些婴儿必需品，我不得不学几句德语。我抱着她走向难民营里的食堂，向那个看起来是厨师的人说：“Milch für Kinder, bitte.”[1] 或者 “Seife für Kinder.”[2] 那位先生总是亲自给我我需要的东西。

我们乘火车去瑞士的时候已经接近圣诞节了。车上窗前的餐桌上摆着小圣诞树、巧克力和橙子。这是一辆特别的火车，除了乘务员，里面都是匈牙利人，它只会停在瑞士的边境，那里会有人接待我们。窗户外还有些善良的妇人向我们递着热茶、巧克力和橙子。

我们到了洛桑，住进了城市高地上一处靠近足球场的难民集中营。穿着像军人的年轻女人带着宽慰的笑容抱走了我们的孩子。男人和女人分开来淋浴，衣服被带去消毒。

我们之中经历过这种情况的人承认说他们当时很害怕，但是当大家都平安重聚的时候，所有人都舒心地叹了口气，尤其是我们找回了自己的孩子时。我的小女儿已经被喂饱了，安静地睡在我床边一个漂亮的摇篮里，她从未有过如此漂亮的摇篮。

星期天足球比赛之后，观众会站在难民营的栏杆后面看我们。他们给我们一些巧克力和橙子，当然，有时候还有一些香烟和钱。这让我们觉得这儿不是一个集中营，而是一个动物园。我们中的一些人会害臊地离开回院子里去，也有些人则相反，会把手伸出栏杆外讨要，然后对比战利品。

一周几次，会有工厂来寻找劳动力。一些朋友或者熟人找到了工作和住的地方，走的时候给我们留下了地址。

---

[1] 德语，意思是：请给孩子牛奶。

[2] 德语，意思是：给孩子肥皂。

在洛桑过了一个月之后，我们又在苏黎世森林里的一个学校里度过了一个月，那里会有人教授语言课，但是因为我的女儿，我很少能去上课。

如果没离开我的祖国的话，我现在会过着怎样的生活？更加苦难和贫穷，我想，但不会这么孤单和痛苦，也许会感到幸福。

但我可以肯定的是，我将继续写作，无论在哪儿，无论用哪种语言。

荒漠

从苏黎世的难民营出来，我们被“分配”到瑞士的各个地方。正因如此，很偶然地，我们来到了纳沙泰尔，确切地说是瓦朗然，我们住在那里村民提供的一处两居室的屋子里。几周之后，我开始在丰泰内梅隆的一家钟表制造厂里工作。

我五点半起床，给孩子喂食并替她穿好衣服后，我也开始梳洗穿衣。然后搭乘六点半的车到达工厂，把孩子送到托儿所之后，我就进工厂工作。一直工作到晚上五点。从托儿所接回女儿后，我们坐上回程的汽车。去村里的小商店采购点东西，之后我要烧柴（屋子里没有供暖），准备晚饭，哄孩子睡觉，洗碗，写一点东西，然后我也睡了。

对于写诗来说，工厂非常适合。工作很单调，所以我们可以想些别的事情，机器的声音也很有节奏，像极了诗句的停顿。我的抽屉里有纸和笔，当脑海中有些成型的句子时，我就记下来，然后到晚上一起整理在本子上。

工厂里大约有十来个匈牙利人，我们会在中午休息的时候到食堂碰面吃饭，但是饭食和我们习惯吃的东西实在有很大的差别，我们几乎不吃。对于我来说，至少有一年的时间，中午我都只拿牛奶咖啡和面包。

在工厂里，大家对我们都很友善，对我们微笑，和我们说话，但我们却什么也听不懂。

荒漠就是从这儿开始的，社交的荒漠，文化的荒漠。在革命与逃亡的狂热之后，随之而来的是沉默、空虚、对于过去的怀念，那时我们有种参与了重要事件，也许是历史性事件的感觉，还有对祖国的悲痛、对家人和朋友的思念。

刚来这儿的时候，我们有许多期许。不知道具体期许什么，但绝对不是这样：沉闷的工作，沉默的夜晚，被冻结的生活，没有变化、惊喜和希望。

从物质层面来说，我们的生活是比之前好了一些。有两间屋子而不是一间，有足够的炭和食物。但是比起我们失去的东西，这代价也太大了。

早晨在公交车上，检票员坐在我的旁边，每个早晨都是同一个人，乐观又有些胖胖的。他在路上会和我说话，虽然我没能全部明白，但我懂他是在试图安慰我，告诉我瑞士人不会允许苏联人打到这儿的。他劝我不必再害怕和悲伤，现在我是安全的。我笑了笑，我无法向他解释说我并不是害怕苏联人，之所以悲伤，是因为现在巨大的安全感，除了工作、工厂、采购、家务、做饭之外，没有任何可以做的事情，没有任何可以期待的事情，仅仅是周日可以多睡一会儿，在梦中再次回到祖国。

如何向他解释呢，在不让他生气的情况下，用我仅会的那点法语词，向他说美好的瑞士对我们来说只是荒漠，难民穿越荒漠来到这所谓“团结”和“融合”的地方。那时，我还不知道其实有些人永远也没能到这儿。

我们中有两个人被遣返回了匈牙利，等待他们的是无尽的监禁。另外两个单身的年轻男人去了很远的地方，美国和加拿大。还有四个人甚至去了更远的地方，人能到达的最远的地方，边界之外的地方。这四个人在我们逃亡两年之后相继自杀。一个服了安眠药，一个是煤气中毒，另外两个是上吊。最年轻的一个才十八岁，她叫吉塞勒。

如何成为一名作家？

当然，首先要开始写作。然后，继续写作。即使没人感兴趣，即使自己觉得未来也不会有人感兴趣，即使在继续写作时已经忘了抽屉里堆积的手稿。

来瑞士的时候，我成为作家的希望几乎已经破灭。即使我在匈牙利的文学评论期刊上偶然发表过几首诗，但是再次发表几乎是不可能的。之后经过了很长时间的努力，我用法语写了两本剧本，但不知道应该怎么做，往哪儿寄，或者寄给谁。

我第一部上演的剧目名叫《约翰和乔》，地点是纳沙泰尔的“集市咖啡店”。每个周五和周六的晚饭后，一些业余演员会在那儿组织“卡巴莱[1]之夜”，这也是我剧作家“职业生涯”的开端。这部剧连续几个月都很火热，在那个时期给我带来了巨大的幸福，也鼓舞了我继续写作。

两年之后我的另一个剧本在纳沙泰尔旁边的一个村子，圣欧班村的塔兰泰拉剧院上演，同样也是业余演员出演。

我的“职业生涯”好像就此停滞了，十几本手稿在书架上慢慢泛黄。幸运的是，有人建议我把它们寄到广播电台，自此开始

[1] 餐厅或夜总会里的歌舞或滑稽短剧等现场表演。

了我的另一段“职业生涯”，广播剧作家。我的作品在这里被专业人士演绎，或者说被朗读，然后我收到了真正的作家权益。在1978至1983年间，瑞士罗曼电台[1]采纳了我的五部剧作，甚至在儿童节的时候，我还接到了额外的邀请。

我不会为了任何东西放弃戏剧。1983年，我接受了在纳沙泰尔文化中心戏剧学校的工作邀请。工作内容就是给十五个孩子专门写一个剧本，这份工作让我非常开心，并且参加了所有的排演。

课程通常以各种各样的形体练习开始，这些练习让我想起了童年时哥哥和我，或者一个朋友和我一起做的游戏，试着不说，不动，不吃东西……我开始以童年的回忆为蓝本写一些短篇，那时候还远没想到这些故事会在日后整理成书。两年之后，我的书桌上已经写成了一本有严密的故事情节的书，有开头也有结尾，像一本真正的小说。我还需要把它打印出来，修改，再打印，删掉多余的东西，不断修改，直到我觉得可以拿给别人看。但是我仍然不知道应该拿这些手稿怎么办。寄给谁，寄到哪里？我不认识任何编辑，也没有认识编辑的熟人。我隐约记得有家出版社叫人类时代出版社，但是一个朋友和我说一定要从三家最大的出版社开始。他给了我这三家出版社的地址：伽利玛，格拉塞，瑟伊。我准备了三份手稿，三个包裹和三封介绍信：“主编先生……”

当我把这些都寄出去的时候，我向我大女儿宣布：“我的小说写完了。”

---

[1] 瑞士一个法语广播电台。

她对我说:“是吗?那你确定会有人愿意出版吗?”

我说:“是的,肯定。”

我确实毫无迟疑。我有这个信心,我的小说是一部很好的小说,肯定可以顺利出版。所以,四五个星期之后,当伽利玛和格拉塞先后寄回了我的手稿并附带了一封礼貌又毫无特色的拒信时,我的惊讶多于失望。当觉得需要再找一些别的出版社的地址时,我在十一月的某个下午接到了一个电话,另一头,瑟伊出版社的吉尔·卡朋特编辑对我说,他刚刚读了我的手稿,并觉得这是他几年来读过的最好的一篇小说。读过第一遍之后,他又忍不住再看一遍,并且决定出版它。但是出版之前,还需要经过几个人的同意,会在几个星期之后同我联系。一周之后我又接到了他的电话:“我来准备您的合同。”

三年之后,我和我的翻译埃莉卡·托普霍芬一起在柏林街头散步。我们在书店的门口停了下来,橱窗里展示着我的第二本小说。在我家的书架上,放着已经被译为十八种语言的《恶童日记》。

柏林的一个晚上,我们举行了读者见面会。人们过来看我,倾听我说话,向我提出问题。关于我的书、我的生活、我的作家生涯。这就是我的回答:带着耐心和固执不断写作,不要放弃对你所写东西的信仰,这就是成为作家的过程。

不识字的人

一天，我的邻居，也是我的朋友，对我说："我在电视上的一个节目里看到了关于外国女工的报道。她们白天在工厂工作，晚上要做家务和照顾孩子。"

我说："这就是我刚来瑞士时的情形。"

她说："她们甚至也不会法语。"

"那个时候我也不会。"

我的朋友觉得扫兴，她也无法继续向我讲述她在电视上看到的关于外国女工令人震惊的故事。她完全忘记了我的过去，以至于无法想象我曾经和那些白天工作晚上又要照顾家庭，并且不懂法语的女人属于同一类人。

我，我记得，工厂、采购生活必需品、孩子、餐饭、陌生的语言。在工厂里，机器声音很大，无法互相说话，只能在去厕所抽烟的时候说上一两句。

我在工厂的朋友教我一些简单的句子。她们说"天气很好"并给我看了瓦尔鲁斯的风景照。她们还通过指着我身体的部位教会了我头发、胳膊、手、嘴巴、鼻子这样的词。

晚上在带着女儿回家的路上，当我用匈牙利语和她说话的时候，她的双眼总会瞪得圆圆的。

有一次，因为我不懂她，她开始哭泣，还有一次，因为她不懂我，我也哭了。

来瑞士后的第五年，我学会说法语，但我不会读写。我这个四岁就会阅读的人又一次成了文盲。

我知道这些词语的意思，但我不认识它们。字母不能对应任何东西。匈牙利语是表音文字，而法语则不同。

我不知道不识字的这五年是怎么度过的。《匈牙利文学报》每个月会刊登一次我当时写的诗歌。在日内瓦图书馆，也可以阅读到一些匈牙利语书籍，那大多是我已经读过的，但有什么关系呢，重读一遍总比什么都不读好。幸好，我还能写作。

我的孩子马上要六岁了，要去学校上学了。

我也是，我要开始，重新开始上学，在二十六岁的时候。为了学习读写，我注册了纳沙泰尔大学的暑期课程。这些课程是专为外国人准备的，一起学习的有英国人、美国人、德国人、日本人、德语区的瑞士人等。入学考试是写作，而我什么都不会，必须从零基础开始学起。

几节课之后，老师对我说："你法语说得很好，为何会来零基础班？"

我对他说："我不会读也不会写，我是文盲。"

他笑了笑："我来想想办法。"

两年之后，我以优秀的成绩拿到了我的法语学习证书。

我不再是文盲了，我会读书写字了。我可以读维克多·雨果、卢梭、伏尔泰、萨特、加缪、米肖、弗朗西斯·蓬热、萨德，所有我想读的法语书，还有那些非法国籍的作家，他们被翻译过来，福克纳、斯坦贝克、海明威。好多好多书，最终，我可以读了。

我又有了两个孩子，我和他们一起，练习阅读、拼写、动词变位。

当他们有不知道意思或者拼写的词来问我的时候，我从不会说:“我不知道。”

我说:“我来查一下。”

我会去查字典，不知疲倦地查字典。我成了字典发烧狂。

我知道我的法语不会像出生在法国的作家们那样流畅，但是我尽可能地用法语写作，尽可能写到最好。

这门语言，不是我选择了它。而是它通过命运、偶然和时局强加在了我的身上。

用法语写作是我不得不做的事。这是一个挑战。

一个对文盲的挑战。

文
景

社科新知 文艺新潮

Horizon

不识字的人

[匈牙利]雅歌塔·克里斯多夫 著

张荪婧 译

出 品 人：姚映然
责任编辑：张 晨
营销编辑：杨 朗
封扉设计：山 川

出　　品：北京世纪文景文化传播有限责任公司
（北京朝阳区东土城路8号林达大厦A座4A 100013）
出版发行：上海人民出版社
印　　刷：山东临沂新华印刷物流集团有限责任公司
制　　版：北京大观世纪文化传媒有限公司

开 本：850mm×1168mm 1/32
印 张：7.125 字 数：119,000 插页：2
2019年4月第1版 2019年4月第1次印刷
定 价：52.00元
ISBN：978-7-208-15740-8/I·1810

图书在版编目（CIP）数据

不识字的人 /（匈）雅歌塔·克里斯多夫（Agota Kristof）著；张荪婧译. —上海：上海人民出版社，2019
ISBN 978-7-208-15740-8

Ⅰ.①不… Ⅱ.①雅… ②张… Ⅲ.①文学-作品综合集-匈牙利-现代 Ⅳ.①I515.15

中国版本图书馆CIP数据核字（2019）第034827号

本书如有印装错误，请致电本社更换 010-52187586

Hier

Copyright © Éditions du Seuil, 1995

C'est égal

Copyright © Éditions du Seuil, 2005

Published by arrangement with Éditions du Seuil

L' Analphabète

Copyright © Éditions Zoé, 2004

Où es-tu Mathias?

Copyright © Éditions Zoé, 2005

Published by arrangement with Agence Littéraire Astier-Pécher

Chinese simplified translation copyright © 2019 by Horizon Media Co., Ltd.,

A division of Shanghai Century Publishing Co., Ltd

ALL RIGHTS RESERVED